지금 저지르지 않으면
후회할 일들

지금 저지르지 않으면
후회할 일들

이소연 지음

일·사랑·여행·독립…
나이가 들수록
뭔가를 시도하는 것은 더 두려워지니까

예담

나중에 후회하지
않기 위해

다시 힘을
내기 위해

새로운 시작을
위해

진정한 나로
거듭나기 위해

✣ 프롤로그

저질렀던 적이 있었다. 10년도 훨씬 더 지난 일이다. 용기가 필요했지만, 저지를 때까지는 괜찮았다. 어쭙잖은 정의감도, 못할 게 뭐야 싶은 오만함도 동기가 되긴 했지만 비교적 순수한 의도에서 저지른 일이었다.

그러나 결과적으로 이기지도 못했을 뿐 아니라, 온갖 비난이 따라붙었다. 그 중에서는 상당히 악의적인 것도 있어서 나는 억울했다. 특히나 앞장서서 험담에 열을 올리는 몇몇 사람이 몹시 미웠다.

선배를 찾아갔다. 나 술 좀 사 줘. 당당하게 말했다. 힘든 후배가 선배에게 술 사달라고 요구하는 건 우리 사회가 허용하는 당연한 권리일 터. 게다가 선배는, 내가 저지를지 말지를 고민하고 있을 때 '용기를 내라'(그래서 저질러라)고 충고했던 사람이었다.

그러니, 내가 이렇게 힘든 데에는 선배도 책임이 있잖아.

나는 내내 화를 내고 억울함을 토로하고 나를 욕하는 사람들을 욕했다. 선배는 말없이 들었다. 한참의 하소연이 끝나고 나니 부글 대는 속을 게워낸 듯 갑자기 머쓱해져 버렸다. 짧은 침묵 후, 선배가 입을 열었다.

"어제 꿈을 꿨는데, 꿈에 ○○가 나왔어."

○○는 방금까지 내가 소리 높여 욕했던 사람이었다.

"근데? 그게 뭐?"

선배는 한 손을 주먹 쥐어 들어 보이며 말했다.

"내가 주먹으로 ○○를 막 때렸어."

"꿈에서?"

"응."

이윽고…….

피식, 웃음이 났다. 분노가, 설움이, 서서히 가라앉았다. 꿈에서 너를 괴롭히는 사람을 때려 주었어. 이토록 단순하고 정직한 위안 이라니. 나는 너의 편이라고, 잘난 척하지도 않고, 잘못 짚지도 않 고, 나는 너의 마음에 공감하고 너를 이해한다고, 이렇게 명쾌하게 달래 주는…….

아무튼, 덕분에, 나는 살아남았다. 내가 미워했던 누군가를 꿈속 에서 주먹으로 때려 주었던 선배의 마음 덕분에. 어쩌면 아주 오랫 동안 힘들었을 시간을, 휘청거리면서도 그럭저럭 걸어 나올 수 있 었다.

+ +
+ +

그리고 그 순간, 나는 내가 저질렀던 그 일에 대한 후회를 접었다. 아마 '난 네 편이야'라는 그의 생뚱맞은 꿈 이야기가 나에게 힘과 여유를 마련해 준 것이리라.

나는 저지르기를 '스스로' 선택했고, 그것은 그에 따르는 결과, 좋은 결과뿐 아니라 나쁜 결과까지도 받아들여야 함을 의미했다. 이후에도, 나는 수도 없이 저질렀으며 그 결과와 함께 성장했다.

그러니, 살면서 내가 저지르는 수많은 일에 대해 그렇게 주춤거리지 않아도 될 것이다. 모든 것은 '있을 수 있는' 일이고, 때로 선택의 결과는 우리를 아프게 할지도 모르겠지만, 동시에 새로운 세계를 열어 준다.

무엇보다도, 저지르는 매 순간, 내 편이 되어 주는 사람이 있음을 알게 되며, 나 또한 누군가의 어떤 순간에 그의 편이 되어 줄 수 있는 넉넉함을 배우게 된다.

나와 다르지만 또한 나와 닮은 누군가가 그 순간 내 마음을 알아 준다는 사실, 그 마음의 힘으로, 우리는 조금 더 용기를 내어 더 많은 것들을 저지를 수 있을 것이다. 궤변 같지만, 때로는 '저지르지 않음'을 저지를 수도 있다.

확실한 것은 어떤 선택을 하더라도, 결국, 우리는 '괜찮다'는 사실이다.

+ +
+ +

그날 선배의 꿈처럼, 따지지 않고, 으스대지 않고, 당신의 어떤 순간 속에서 당신의 편이 되어 주고 싶은 마음이다. 딱 그 마음만큼, 이곳의 '순간들'이 당신에게 보여지기를, 진심으로.

나중에
후회하지
않기
위해

 다시 시작하기

나는 또 화분을 샀다

잠시 나갔다 오니 사무실 책상 위에 조그만 화분이 하나 놓여 있었다. 회사의 주거래 은행에서 기념품으로 돌리고 간 화분이었다. 하얀 화분 위에 은행의 로고와 상호가 새겨져 있었다.

한 번도 내 손으로 화분을 키워 본 적이 없는 나다. 그래도 '쟤들도 먹고 살아야지' 하는 마음으로 가끔 종이컵에 정수기 물을 따라 주었다. 조금씩 더 자라고 조금씩 더 파래지는 것 같아 신기했다. 그러기를 2주일가량.

이름도 모르는 그 식물은 시들기 시작했다. 더 열심히 물을 주었지만, 급속히 시들어 갔다. 겁이 났다, 생명을 감당한다는 것은.

그래, 나에게 화초 키우기는 무리였어.

허락도 없이 책상 위에 식물을 남겨놓고 간 그 은행에 대해 화가 나기도 했다. 결국 그 식물은 말라 버렸다. 대단한 공을 들인 것도 아니지만 작은 생명 하나 제대로 지켜 내지 못한 나 자신에 대한 자괴감이 일었다. 그리고 생각했다. 내가 다시 화초를 키울 수 있을까, 하고.

그런 날들이 있다. 무언가가 끝나 버려서, 모든 것이 무너져 내려서, 별일도 아닌 것이 깊은 두려움을 건드려서, 내가 아무것도 아닌 것처럼 느껴지는 그런 날. 다시 몸과 마음을 움직여 무언가를 할 수 있을까, 겁이 나는 날.

20대의 가장 많은 시간을 함께 했던 연애가 끝났던 날이 딱 그런 날이었다. 2000년 1월. 새로운 밀레니엄이라며 전 세계적으로 들썩들썩하던 때였다. 우리는 인천공항에서 만났다.

그의 유학과 그에 따른 헤어지자는 약속은 오래전부터 예정되어 있었다. 늘 쿨하고자 노력했던 우리였으므로, 서로의 미래를 구속하지 말자면서 '비행기 타는 순간 이별하자'고 합의했었다.

우리처럼 앞날이 창창하고 인기도 많은 사람들끼리 서로 얽매여 있으면 손해라고 농담도 했었다. 감정은 변하는 것이고, 서로의 앞에 널려 있을 숱한 연애의 기회들을 보장해 주자고 했다. 그랬으니까, 눈물 따위, 나지 않을 줄 알았다.

공항 밖에서 담배를 한 대 피우고 나보다 네 살 많은 그가 아무렇지도 않은 듯 "잘 지내"라고 말했을 때, 눈물이 후두둑 떨어졌다. 출국 심사대를 향해 가면서 그는 몇 번이나 뒤돌아보며 손을 흔들

었다. 가슴이 서늘했다.

그를 보내고, 나는 혼자 극장에 들어가서 영화를 보았다. 영화도 슬펐지만, 나는 내가 처량해서 울었다. 영화를 보고 나와 거리에 서니 가슴에 구멍이 뚫린 것 같았다. 끔찍하게 추운 겨울바람이 그 구멍을 통과했다.

잊을 수 있을까. 이렇게 아픈데 잊혀진다니 말도 안 돼. 다시 누 군가를 만날 수 있을까. 여기가 끝인 것 같은데······.

며칠 뒤 캠퍼스에서 만난 선배가 안부를 물었다. 나는 그에게 다 시는 연애를 못 할 것 같다고 말했다.

"저는 다시는 연애를 못 할 것 같아요."

그는 웃었다. 나는 진지한데 왜 웃냐고 화를 내는 나에게 그는 대답했다.

"나중에 나한테 소개팅시켜 달라고 조르지나 마라."

선배의 말이 맞았다. 시간이 흐르고 아픔은 잦아들었다. 그리고 어느 날 불현듯 나는 다시 연애가 하고 싶어졌다. 그러나 두 번째 시작은 첫 번째 시작보다 어려웠다.

그의 뒷모습을 바라보는 일, 혼자 극장에서 영화를 보며 눈물 흘 리는 일, 찬바람 부는 거리에 혼자 서 있는 일 같은 것은 내 몸에 각인된 기억이었다. 다시 겪어 내기엔 너무 생생한 기억 말이다. 나는 다시 시작하는 것이 두려웠다.

두려움은 온갖 희한한 방어기제를 양산해 냈다.

"사랑 따위 필요 없어"라고 가치를 폄하하거나,

"사랑은 존재하지 않아"라고 무시하거나,

"어차피 변할 거야"라며 현재의 감정을 억압하거나,

"나는 지금 당신이 좋아요. 그렇지만 내일도 당신을 좋아할지는 모르겠어요. 그래도 괜찮나요? 이걸 받아들인다면 나도 당신을 받아들이겠어요."

이런 궤변으로 상대를 괴롭히거나.

그런 상태로 몇 년이 흘렀다.

나는 카페에서 누군가를 기다리고 있었다. 비가 오는 날이었다. 뜨거운 커피를 시켰다. 빗소리를 들으며 커피 한 모금을 넘겼다. 커피가 썼다. 손끝이 찼다.

그리고…… 외로웠다. 몹시.

비 오는 날, 우울하게 홀로 커피를 마시는 내 모습이라니.

2000년 겨울의 그날 이후, 오랫동안 비슷한 상태에 머물렀던 것 같았다. 생각해 보니, 두려움에 휩싸여 다시 시작하지 못했기 때문에, 변변한 연애 한 번 하지 못했다. 비행기 타고 떠난 첫 번째 연애의 추억은 머릿속에서 하도 씹고 또 씹어 너덜너덜해질 지경이었다. 괜찮은 남자들은 나의 경계심에 지쳐 떠나갔고, 남은 것은 배배 꼬이고 메마르고 심술궂은 나 자신뿐…….

그러다 '도대체 내가 왜 이토록 오랫동안 새로운 사랑을 다시 시작하지 못했는가?'라는 질문에 생각이 미쳤을 때…… 나는 알아버렸다. 그 두려움에 타당한 근거가 없었다는 것을.

그저 두려웠을 뿐이다. 무엇이 왜 두려운지도 모른 채.

내용도, 상대도 기억나지 않는 그날의 약속이었지만, 카페를 나설 때 비가 그쳤다는 것은 생각이 난다. 여전히 흐리고 어둡고 추웠지만, 더 이상 비는 떨어지지 않았다. 무거운 우산을 더 들어올릴 필요가 없었다.

그리고 얼마 지나지 않아 나는 해냈다.

그의 눈을 똑바로 보고 '예스'라고 말한 것이다. 어떤 조건도 변명도 달지 않고, 그저 '예스'라고.

두 번째 연애는 오래가지 않았다. 그러나 다시 시작해 보았으므로, 모든 것은 다시 시작될 수 있다는 것을 배웠다.

끝을 보았으므로 다음에도 또 끝날 것이라고 알려주었던 첫 번째 연애에 비해, 다시 시작을 해보았으므로 다음에도 다시 시작할 수 있을 것이라고 알려주었던 두 번째 연애. 비단 연애뿐만 아니라, 다른 모든 것에 대해서도.

결국 나는 꽃집에 갔다. 꽃집 언니는 화분을 보더니, 어차피 뿌리가 얕아서 오래 살지 못했을 거라고 말했다. 그리고 나는 새 화분을 샀다. 새로운 생명을 다시 키우기로 한 것이다.

내 주제에 화초 키우기라니 말도 안 돼, 이런 생각은 접고.

끝이 있다면, 시작도 있다. 두려워서 다시 시작하지 못하는 것만큼 후회스러운 일이 없다. 이토록 찬란한 미래가 우리를 기다리는데. 두려움에 낭비할 시간이 없지 않은가!

과감하게 고백하기

오빠가 좋아요

"나는요, 오빠가 좋아요."

이토록 담백하고도 대담한 고백은 스무 살에 내가 해냈던 것이다. (비록 나는 아이유가 아니지만.)

수백 번의 망설임, '미안하지만 넌 아니란다'라는 오빠의 (멋질 것이 분명한) 거절에 대한 두려움, 내가 과연 그의 여자가 될 만한 자격이 있을까에 대한 냉혹하고 소심한 성찰, 체온이 올라가고 목소리가 떨리고 심장이 콩닥거리는 신체적 변화, 이 모든 것을 극복하고 마침내 해낸 고백이었다.

그리하여 마침내…….

어스름이 깔리고, 서늘한 바람이 불고, 약간의 배고픔이 느껴졌던 4월의 어느 저녁, 그는 내 옆에 존재하고 있었다. 늘 그랬듯, 숨이 막히도록 아름다운 옆얼굴 라인을 보여 주면서.

그때 내 입에서 튀어나왔다. 이토록 담백하고도 대담한 고백이.

나의 고백을 듣고 그가, 웃었다.

지금 돌아보면 겨우 스물네 살의 풋풋한 청년이었던 그가, 스무 살의 나를 내려다보며(그는 키가 컸으니까), 네 살 많은 오빠로서, 귀엽다는 듯, 재밌다는 듯, 웃었다.

그가 웃자 가슴이 철렁 내려앉았다. 그가 나를 여자로서, 연인으로서 고려하고 있지 않다는 사실을 명백하게 보여 주는 '오빠'의 웃음이었다. 그 웃음 후에, 그는 말해 주었다.

"너는 그냥 귀여운 후배야. 오빠는 너를 여자로 보지 않아."

나는 그의 후배가 아니라 그의 연인이 되고 싶었기에 '너는 귀여운 후배'라는 말은 곧 '너는 아무것도 아니다'라는 말과 다름없었다.

우리는, 아무것도 아니야.

그러니까, 이를테면, 잔인한 결말이었달까.

그런데.

나쁘지 않았다.

열병처럼 뜨겁던 그를 향한 짝사랑은 그날 저녁의 고백 이후 서서히 식어 갔다. 나의 사랑에 대해 더 이상 내가 저지를 수 있는 일이 없어진 것이다. 그리고 나는 내가 저지른 고백의 결과를 받아들일 수밖에 없게 된 것이다. 울며 매달리기엔 우리는 아무것도 아니었고, 분노하기엔 그가 책임질 일을 한 것이 없었으며, 더 이상 노력할 거리가 존재하지 않았다. 스토킹까지 하기에는 나는 매우 정상 범위의 인간이었다.

결국 그는 정말 좋은 선배가, 나는 정말 좋은 후배가 되었다. 고백을 저지른 대가로 얻은 아름다운 결과였다.

어쩌면, 그와 내가 연인이 되는 것보다도 나은 결말일지도 몰랐다는 생각을 이후에 가끔 했다. 언제부턴가 그의 옆얼굴 라인이 예전만큼 아름답지 않다는 것을 알게 되었으니까. 고백하지 않았다면, 모르고 지나갔을 것들이 너무나 많았다.

스무 살, 이를 악물고 주먹 꼭 쥐고 콩닥거리는 심장을 가까스로 추스르며 해낸 솔직한 고백 덕분에, 나는 힘들었던 짝사랑을 정리했고, 좋은 선배 하나를 건졌으며, 새로운 사랑을 시작할 기회를 가진 것이다.

서른이 된다고 해서 고백할 수 없는 것은 아니다. 고백이 스무 살만의 특권은 아니니까.

다만, 나이가 들수록 더 간접적이고 세속적인(?) 고백이 될 가능성이 높다는 것뿐이다. 거절당하는 데 대한 두려움이 더 크고, 거절당했을 경우 회복할 시간이 더 적기 때문이다. 그러니 서른 살이 넘어가면서 고백은 대강 이런 모양새를 갖게 된다. 물론 나의 경우지만, 많이들 비슷하지 않을까 싶다.

"저기…… 나는 ○○씨가 이런저런 면에서 꽤 괜찮다고 생각하긴 해. 좋은 영화가 개봉한다는데 이번 주말에 뭐 할 거야? 아, 오해는 하지 마. 그냥 영화가 좋다기에…… 그동안 보니까 ○○씨도 문화에 관심이 많아보여서 말이야. 그런데, ○○씨는 어떤 스타일의 이성이 좋아? 아니, 그냥 궁금해서……."

그러니까, 호감은 표현하되 만약에 아닐 경우 '발을 뺄' 수 있을 정도의 표현을 사용하면서 최대한 에둘러서 기회를 포착하는 형식이 된다. 사정이 이러니 '나는요, 오빠가 좋아요' 식의 용감무쌍한 고백은 꿈도 못 꿀 형편이다.

그렇게 보면 '나이가 들면 인생에 더 능숙해진다' 이런 공식은 존재하지 않는 것 같다. 삶은 살수록 더 어렵다. 그래서 고백은 확실히 20대에 더 잘하는 것 같다. 고백다운 고백, 재지 않는 고백, 더 뜨겁고 더 사랑스러운 고백, 20대여서 가능한 고백.

기우에서 덧붙이자면, 고백만큼은 술의 힘을 빌리지 않았으면 한다. 두려움을 덜고자 알코올의 힘을 빌렸다가 그냥 사라져 버리는 고백도 있으니까 말이다.

예전에 소개팅을 한 적이 있었다. 서울대학교 법학과를 다닌다는 나보다 두 살 많은 남자였다. 남자는 외모는 평범했지만 자존심이 매우 세 보였다. 거만해 보일 정도였다. 그리고 자존심만큼 술도 세 보였다. 남자는 계속 맥주를 시켰다. 테이블이 맥주병으로 가득해질 무렵, 그가 입을 열었다. '네가 좋다'라고.

나는 그에 대한 감정은 차치하고, 그토록 까다로운 그 남자의 눈에 내가 들었다는 사실이 좀 놀라웠다. 그리고 남자는 술 취한 목소리로 다음 날 데이트 약속을 잡았다. 언제, 어디서, 무슨 영화를 보자는 아주 구체적인 데이트 신청이었다. 자리에서 일어서면서 그는 나에게 잊지 말라며 몇 번이나 다짐을 했다.

그리고 다음 날, 약속시간에 그는 나타나지 않았다. 바람맞은 것이 확실했지만, 바람맞았다고 말해도 될까 싶을 정도로 어이가 없었던 그 상황은 그날 밤 그가 아무 일도 없었다는 듯 전화를 걸어오면서 진상이 밝혀졌다.

그는 필름이 끊겼던 것이다. 그가 전화를 걸어와 나를 바람맞힌 오늘의 바로 그 영화를 보자고 또 한 번 똑같은 데이트 신청을 하는 순간, 나는 깨달았다. 그가 전날의 대화를 거의 기억하고 있지 못한다는 사실을.

나는 그에게 네가 지금 보자고 한 영화는 어제 네가 보자고 한 영화이며, 나는 이미 오늘 영화관 앞에서 너에게 바람을 맞았다고 설명하지 않았다. 그냥 그 영화 봤다고 전화를 끊었다. 다시는 그 남자를 만나지 않았음은 물론이다. 술의 도움 없이는 자신의 감정을 말할 수 없는 사람, 술에 의해 지워져 버릴 정도의 감정만 가진 사람과 어떻게 만날 수 있겠는가 말이다.

 그러니 적어도 고백만큼은 멀쩡한 정신으로, 얼굴을 마주 보고 하시길. 살면서 알코올의 힘이 필요한 순간은 고백 말고도 너무나 많으며, 그러기에 고백은 너무 중요하니까.
 최소한 자신이 무슨 고백을 어떻게 했는지 기억은 해야 하지 않겠는가! 어젯밤 한 고백을 오늘 밤 또 하는 실수를 범해서는 안 될 테니까!

명품가방 지르기

난 좋은 것을 가질 자격이 있어

20대에도 명품 가방이 예쁘지 않은 것은 아니었다.

왜 예쁘지 않겠는가. 세계적인 디자이너의 창조적 감성에 바탕하여 세계적인 장인들이 한 땀 한 땀 정성과 솜씨를 모아 만든 명품 가방인데 말이다.

그 가방들은 자신들만의 독특한 문양으로 '이리 와서 나를 만져 줘, 나를 메 줘' 하며 온갖 교태로 우리를 유혹하지 않는가. 저것 하나만 가지고 있으면 CF 속 그녀들처럼 워너비 여성이 되어 순식간에 '사회지도층'으로 부상하고 말 것 같은 생각이 들고 말게끔.

그러니, 사실은 명품 가방이 없어도 가장 예쁠 20대에 그것을 원하지 않은 것은 아니었던 것. 원하지 않은 것이 아니라, 단지 가질 수 없었던 것일 게다. 제일 큰 장애물은 '돈'과 '배짱'이었다.

20대 중반, 천만다행히도 취직에 성공하여 한 달에 한 번 '월급'

이라는 이름의 일정 금액이 내 통장에 입금되기 시작했지만, 한 개에 수백, 수천만 원을 호가하는 가방을 턱턱 사 젖히기에는 턱없이 모자란 돈이었다.

알뜰한 엄마 밑에서 소박하게 자라난 나같은 평범한 여인네는 명품 매장에 들어서기만 해도 그 위풍당당한 화려함에 주눅이 들었고, 가격표에 적혀 있는 동그라미의 숫자를 조심스레 세어 보며 벌렁대는 가슴을 진정시키려 애를 쓰곤 했다.

그러니 언감생심, 꿈이나 꾸었겠는가. 카드를 확 그어 버리고 나서 진짜 명품 가방을 내 어깨에 둘러메는 일이 나에게 벌어질 수 있는 것이라고, 감히 상상이나 했겠는가.

그런데 이상한 일이었다.

그렇게 '내 것이 아니'라고 머릿속 한쪽에 밀쳐 두었던 명품 가방에 대한 욕망은 시간이 지나도 사그라지지 않았다. 사는 게 구질구질하다 싶을 때, 인생 뭐 별거 있냐 싶을 때, 자존감이 땅에 떨어졌을 때, 수시로 명품 가방은 내 머릿속에 찬란히 그 모습을 드러냈다.

그리하여 거리를 걷는 여인들이 들고 있는 가방들을 관찰하고, 유명 연예인이 모 행사장에 들고 나왔다는 명품백의 사진을 유심히 보고, (한 번도 가져 보지는 못했지만) '어느 명품 브랜드 스타일이 좋더라' 하며 취향을 발설하는 나 자신을 발견했을 때, 마침내 나는

결심했다. 하나 장만해 보자, 하고.

그래서 화창한 어느 일요일, 나는 이태원으로 출발했다. 명품의 세계에 발가락이라도 담그고 싶었던 평범한 여인네인 엄마와 여동생도 함께였다. 그때 내 나이는 이미 서른을 넘어 있었다. 어영부영 명품백 하나 소유하지 못하고 20대가 흘러가 버린 것이다.

월급은 꼬박꼬박 들어왔지만, 몇 백만 원을 한 번에 질러 버리는 배짱은 여전히 기르지 못했던 20대였다.

풍문으로만 듣던 이태원은 명품을 제대로 닮은 A급 짝퉁 상품을 구할 수 있는 신세계였다. 물론 구체적으로 어디서, 어떻게 구해야 할지, 우리 세 모녀 다 알지 못했다. 다만, 뜻이 있는 곳에 길이 있으리라, 믿었을 뿐.

걸려 있는 예쁜 옷들을 뒤적거리는 척하며 물었다.

"아저씨, 여기 가방 어디서 팔아요?"

순간 흠칫, 아저씨는 경계하는 모습이었다. 그러나 천진하게 묻는 우리 세 여자가 단속반 같지는 않았는지 '특별히' 당신들에게 명품의 신세계를 안내해 주겠노라며 이내 경계를 풀었다.

그리고 아저씨의 뒤를 따라 우리는 (특히 나같은 길치는) 절대 다시 되짚어가지 못할 이태원의 뒷골목을 돌고 돌고 또 돌아 어떤 집 앞에 이르렀다. 낡은 새시문을 드르륵 열고 들어가니 비닐에 싸인 명품 가방들이 즐비했다.

허름한 창고 같은 그곳에서 우리는 범죄에 동조하는 것 같은 찝찝한 기분으로 각자 가방을 골랐다. 고심 끝에 고른 루이비통의 짝퉁 가방은 독특한 디자인이어서 내 취향에 맞았고, 나는 27만 원을 지불했다. 몇 백만 원은 아니었지만, 생각보다는 비싼 가격이었다.

너무 튀는 디자인을 고른 것이 문제였을까. 그 가방을 들고 처음 출근한 날부터가 문제였다. 평소 패션에 관심이 많은 선배가 가방을 책상 위에 내려놓자마자 물어온 것이다.

"가방 예쁘다. 어디서 샀어? 얼마야?"

목에 칼이 들어와도 거짓말은 못 하는 성격의 나로서 미처 예측하지 못했던 문제였다.

"아…… 네…… 저……."

선배는 집요했다.

"면세점? 이번 신상이야?"

"이태원에서 산 거예요."

어쩌니 저쩌니 해도 내 돈 주고 내가 산 물건 내가 쓰는데, 왜 죄인 같은 기분이 드는 건지. 그 가방을 들고 간 날이면 어김없이 만나는 사람마다 가방에 대해 물었다.

"가방 예쁘다. 어디서 샀어? 얼마야?"

심지어 엘리베이터에 함께 탄 낯선 아주머니께서도 조심스레 물어 오셨다.

"가방 어디서 산 거예요? 한국에서 못 본 모델인데…… 면세점에서 샀나요?"

이런 상황이 반복되자, 이제는 상대방의 눈길이 가방에 머무는 듯하면 지레 놀라 고백을 하는 지경에 이르렀다.

"아, 이거 가짜예요."

그리고 그런 수십 번의 자백(?)으로부터 2주일이 흐른 뒤, 나는 가방을 창고에 넣었다. 더 이상 가방을 들 이유를 찾을 수 없었기 때문이다.

그리고 생각했다. 처음으로 가진 명품 가방은 진짜여야 했다. 만나는 사람들에게 '이거 짝퉁이에요'라고 말하고 다녀야 하는 27만 원의 가치라니. 이건 일종의 자기학대가 아니냔 말이다.

그러고 나서 몇 달 뒤부터 한참 동안 메고 다닌 프라다백 덕분에 '흠. 진짜 명품도 별것 아니군' 하는 초연함을 획득하긴 했다.

그러니 20대에 카드가 몇 달 펑크 나는 위험을 무릅쓰고라도 명품 가방 하나쯤 질러 버리자. 어쨌든 나는 좋은 것을 가질 자격이 있으니까. '나는 나를 완전 좋아해!'라는 선언과 함께 나 자신에게 명품 가방을 턱 안겨 주는 거다. 스스로에게 베푸는 뿌듯한 자기 사랑의 경험으로서, '그동안 힘들었지? 선물이야. 힘내!' 하면서.

그리고 또 하나. 진짜 명품 가방이 내 어깨에 둘러메지고 나면 오히려 명품으로부터 초연해질 수 있을 테니까. 남은 20대 내내 명품 가방을 갈망하지 않아도 될 테니까. 괜스레 죄짓는 기분으로 짝퉁 명품 같은 것, 기웃거릴 필요가 없을 테니까. 주눅 들어 '이거 가짜예요' 하고 자백할 필요도 없을 테니까.

갈망은 갖지 못한 데서 비롯한다. 갖고 나면 욕망은 자연스럽게 놓여진다. 다른 모든 것이 그러하듯이.

'잇백 it bag'은 서른을 훌쩍 넘어 버린 지금까지도 여전한 로망이다. 다만, 짝퉁 명품의 경험 덕분에, 그 뒤로 내 어깨에 메어진 진짜 명품이 있었기 때문에, 특정 브랜드의 명품에 집착하지 않고 자연스레 나에게 어울리는 가방을 찾게 되었다.

언제부턴가 셀러브리티들의 파파라치컷을 볼 때도 '자신의 멋을 잘 알고 있는 자연스러움'을 기준으로 볼 수 있게 되었다. 스타일은 자신감, 곧 '자기 사랑'이라는 내 나름의 철학도 갖게 되었다.

그러니 20대의 나에게 명품 잇백을 선물하는 것은 꼭 저질러 볼 만한 일일 것이다. 그 안에 자신에 대한 애정을 담뿍 담아서.

만남을 미루지 않기

외할머니의 커피

외할머니는 성격이 강한 분이셨다. 머리도 좋고, 자기 주장도 분명하셨다. 공부가 하고 싶었지만 그 시절 많은 여성들이 그러했듯, 원하는 만큼 공부하지 못한 것을 한으로 가지고 계셨다. 그래도 부지런하시고, 달변이셨으며, 요리 솜씨에 유머감각까지 겸비하신 분이었다.

어렸을 때부터 외할머니는 자주 우리 집에 오셨다. "나는 내 딸이 젤 중해야" 하시며, 엄마의 일을 이것저것 도와주고 가셨다. 외할머니가 며칠 머무르고 떠나신 집에는 손이 많이 가지만 정말 맛있는 전라도식 밑반찬들―각종 김치, 장아찌, 김부각 등등―이 푸짐하게 저장되어 있곤 했다.

외할머니는 또한 시원시원하셨다. 중학교 때 '머리 나빠진다'며 엄마는 절대 주지 않던 커피를 흔쾌히 타주셨다. 수업이 끝나고 집에 온 나에게 "커피 한잔 타 주까나?" 하고 물어보시곤 했다. 그 목소리는, 지금도 생생하다. 마시겠다고 하면 외할머니는 인스턴트 커피에다가 당신이 드시는 대로 설탕과 프림을 듬뿍 넣어 주셨다.

어디에서도 먹을 수 없는 달고 진한 커피, 식사 대용으로도 충분할 듯한 '배부른' 커피였다. 실제로 본인은 출출할 때 간식 대용으로도 커피를 드셨던 듯한데, 커피 잔을 쥐어 주시며 이렇게 말씀하시곤 했기 때문이다.

"이렇게 먹으면 요기도 되야."

달고 따뜻하고 배부른 그 커피 때문에 내가 지금까지도 커피에 꼭 설탕이나 시럽을 넣게 되는지도 모르겠다. 그때 달디 단 커피가 주는 위안을 맛보았으므로.

할머니는 시간이 남을 때면 혼자 화투패를 맞추곤 하셨는데, 나 또한 외할머니로부터 화투를 배웠다. 기본적인 화투패뿐 아니라, 민화투, 고스톱, (아마도 전라도에서 주로 치는 듯한) 육백…… 화투의 세계는 다양하고 심오했다. 덕분에 나는 지금도 카드는 못 해도 화투는 칠 줄 안다.

생각해 보니 그렇다. 외할머니 덕분에 나는 카드는 못 해도 화투는 칠 줄 아는 사람이 되었다. 그런 식으로 내게 남은 외할머니의 흔적이 얼마나 많으려나.

우리는 외할머니 댁 가까이에 살았다. 10분이면 충분히 걸어가는 거리였다. 그 집에서 외할머니는 언제부턴가 치매 증상을 보이는 외할아버지 수발을 하셨다. 두 분의 삶이 어떠했는지 나로서는 짐작조차 못 할 일이지만, 외할아버지에 대한 온갖 서운함과 분노, 억울함을 내비치시면서도, 외할머니는 끝까지 외할아버지 곁을 지켰다.

그러고 나서, 외할머니는 진짜 혼자가 되셨다.

내가 대학에 입학하던 해였다.

대학생이 된 나는 너무 바빴다. 엄마 심부름으로라도 들르던 외할머니의 아파트에 점점 발길이 뜸해졌다. 엄마와 이모가 자주 들여다보는 것 같았지만, 사람 좋아하고 말씀하시기 좋아하던, 에너지 넘치는 외할머니는 아마 많이 외로우셨던 것 같다. 무심한 손자들이 가뭄에 콩 나듯 얼굴을 비치면 몹시도 반가워하셨으니까.

현관문을 열고 들어서기가 무섭게 할머니는 냉장고에서 찬장에서 이것저것 꺼내 먹으라고 내놓으셨다. 카스텔라, 요구르트, 과일, 떡, 두유, 사탕 같은 것들……

과일 중에서는 상태가 좋은 과일을 골라 깎아 주셨는데, 냉장고 안에는 물러서 떨이로 파는 과일이 항상 있었기 때문이다. 물러서 한쪽에 쌓아 놓고 싸게 파는 과일 뭉치를 집으며 일부러 남들 들으라고 "요걸로는 쨈 만들어야 쓰겄다" 하셨다고 했다. 물론 진짜로 쨈을 만드는 건 아니었고, 상한 부분은 베어 내고 그냥 깎아 먹는 용도였다. 이런 걸 왜 사셨냐고 물으면 "싸니까 샀지야" 하고 자랑스럽게 대답하셨다. 그럴 때는 '아껴야만 살 수 있다'라고 체득해 온 할머니 세대의 아픔이 느껴졌다.

펼쳐진 음식 앞에서 "할머니도 드세요" 하면 설탕, 프림 가득 넣어서 타 놓은 커피잔을 가리키며 "난 요거면 되아야" 하셨다. 외할머니가 드시는 음식 중 커피의 비중은 해가 갈수록 커지는 것 같았다.

아무튼, 더 이상 어린이도 청소년도 아닌 나는 "전 배불러요" 하며 외할머니가 내어 주신 음식들을 거절하기 일쑤였는데, 몇 번의 실랑이가 있고 나면 포크에 떡이나 과일 같은 것을 찍어 쥐어 주시며 먹으라고 역정을 내셨다.

'할머니가 주는 거니까 먹어'랑 '이거 딱 한 개만 먹어'가 주로 사용하시던 레퍼토리였는데, 요즘 밥상 앞에서 남편한테 '이거 딱 하나만 더 먹어' 하는 내 모습 ─ 늘 남편으로부터 놀림을 받곤 하는 ─도 어쩌면 외할머니로부터 물려받은 것이 아닐까 싶다.

그렇게 혼자 몇 년을 지내신 뒤, 외할머니께도 치매가 왔다. 외할아버지 수발을 들며 그토록 지긋지긋해하시던 치매, 그 똑같은 증세가 찾아온 것이다. 엄마는 외할머니 혼자 계시는 아파트로 매일 출근하다시피 했지만, 증세는 시간이 갈수록 악화되었다.

그때 나는 회사를 다니고 있었다. 대학은 대학대로 바빴지만, 회사는 또 회사대로 바빴다. 너무 바쁜 나는, 항상 외할머니를 찾아뵐 시간이 없었다. 1년에 두어 번, 명절 때나 겨우 발길을 하곤 했다. 치매에 걸린 외할머니는 눈에 띄게 늙어가셨고, 나날이 더 외로워하셨다.

그래도 오래간만에 얼굴을 내미는 손녀한테는 "오메, 내 강아지 왔는가?" 하며 반기셨고, 카스텔라와 요구르트, 두유, 사탕 같은 여전한 할머니표 음식들을 꺼내 주시곤 했다. 안 먹으려 하면 역정을 내시는 것이 더 심해져서, 억지로 음식을 삼키는 게 좀 고역이었다.

나중에 외할머니는 내가 취직을 했다는 사실도 잊으시곤 했다. "할머니, 저 회사 다녀요" 하면 깜짝 놀라시면서 그랬다. "오메, 벌써 그렇게 됐다냐. 월급은 얼마나 되냐, 한 100만 원 되냐?" 하고 물으시던 얼굴이 지금도 선하다.

"네, 할머니, 100만 원은 돼요" 하면 눈을 크게 뜨시며 돈 많이 번다고 대견해하셨다. 외할머니에게 100만 원은 '큰 돈'의 기준이었다. 할머니, 지금 100만 원은 옛날이랑 그 가치가 달라요, 화폐가치가 많이 떨어졌거든요, 설명하지는 않았다.

갈 때마다 외할머니는 똑같이 물어보셨으니까.

학교는 졸업했냐, 월급은 얼마냐, 100만 원은 되냐, 하고.

내가 자리에서 일어날 때마다 외할머니는 서운해하셨다. 아쉬워서 안 보낼 핑계를 이것저것 대곤 하셨다. 기껏 두어 시간 앉아 있다가 나는 '다음에 또 올게요, 자주 올게요' 하면서 도망치듯 일어나 떠났다.

다음에 또 올게요, 자주 올게요, 라니…… . 항상 거짓말이었다.

외할머니가 돌아가셨다는 전화를 나는 강원도의 한 펜션에서 받았다. 2박 3일, 휴가를 내어 친구들과 놀러온 여행이었다. 부랴부랴 짐을 챙겨 새벽에 서울로 올라와 찾아간 장례식장에는 이미 외할머니의 영정뿐이었다.

그 영정 앞에서, 나는 내가 외할머니를 진짜 좋아했다는 것을 알았다. 인생에서 맞닥뜨리는 숱한 굴곡을 의연하고 치열하게 건너오신 에너지 넘치던 외할머니를, 사실 속으로는, 진짜 멋지다고 생각하고 있었음을.

후회가 가슴을 쳤다.

'이럴 줄 알았으면 좀 더 자주 찾아뵐 것을…… .'

항상 반갑게 맞아 주셨는데, 따뜻하고 단 커피 같은, 외할머니표 음식들을 내어 주셨는데, 맛있게 먹고 힘내라고 포크에 찍어 줘어 주셨는데. 뭐가 그렇게 바빴는지.

뭔가 좋은 일이 생기면 외할머니가 떠오른다. '외할머니가 도와 주셨나 보다' 이런 생각이 든다. 수호천사처럼, 나의 외할머니는 강하고 따뜻한 분이셨으니.

그립다. 어김없이 후회도 된다.

더 자주 찾아뵐 것을, 더 잘해 드릴 것을, 섭섭하지 않게, 외롭지 않게. 살아 계시다면, 지금 당장 만나러 갈 것이다. 미루지 않고, 핑계대지 않고.

"할머니, 커피 한잔 타주세요. 할머니가 드시는 대로 설탕, 프림 듬뿍 넣어서요. 속이 든든해질 테니까요."

이렇게 말할 것이다. 그러면 할머니가 '이렇게 먹으면 요기도 되어야' 하시며 따뜻하고 달고 배부른 커피를 흔쾌히 내어 주실 테니까.

만남을 미루면 남는 것은 후회뿐이라는 걸, 지금은 알고 있으니까.

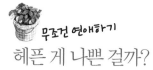

무조건 연애하기

헤픈 게 나쁜 걸까?

영화 〈가족의 탄생〉. 꽤 재미있게 보았고, 또한 잘 만든 영화라고 생각했다. 재미있는 영화와 잘 만든 영화가 반드시 일치하지는 않는다는 점을 생각해 보면 두 가지 다 갖춘 이 영화, 훌륭했다.

그럼에도 불구하고, 지금 〈가족의 탄생〉을 떠올리면 생각나는 건 딱 이 대사 하나다. 영화 속 정유미가, 연인 봉태규에게 정말 궁금하다는 듯, 묻는 이 질문.

"헤픈 거 나쁜 거야?"

이 대사, 명대사다. 진짜. 생각하게 만든다.

헤픈 게 나쁜 걸까? 왜 우리는 헤픈 건 으레 나쁜 거라고 생각해 온 거지? 언제부터, 왜 '너, 헤픈 여자야'가 비난이 되고, '나, 헤픈 여잔가?'가 자책이 된 거지?

그리고 나 자신에게 묻는다.

헤픈 거 나쁜 거야?

물론 한마디로 대답할 수 없는 질문일 수 있다. 상황, 특히 남녀 간에 발생할 수 있는 상황들은 너무나 다양하고, 그 상황에 따라 판단 기준 또한 달라질 테니까. 그러나 그냥 YES or NO로 대답해 보라고 한다면, 가장 원칙적인 답으로서 나는 NO라고 하겠다.

헤픈 것은, 나쁜 것이 아니다. 헤픈 것보다 훨씬 더 나쁜 것은, 닫혀 있는 것이다. 우리 앞에 펼쳐진 관계의 가능성에 대해, 꼼짝 않고 닫아 두는 것.

살면서 나 자신에 대해서, 인간이라는 존재에 대해서 가장 치열하게 고민할 때가 언제일까? 바로 연애할 때다. 연애는 '나'와 '나 아닌 자(타인)'가 가장 가깝게 부딪히고 깨어지고 변화하고 재구성되는, 사실상 거의 유일무이한 기회다.

세상이 내 맘대로 움직이지 않는다는 것을 뼈저리게 깨닫게 되고─내 마음도 내 맘대로 안 되는데 하물며 타인의 마음이야 뭐!─아무리 상대에게 잘 보이고 싶어도 거짓과 허풍으로는 불가능하다는 것을, 결국 타인의 마음을 여는 유일한 열쇠는 진실밖에 없다는 것을, 그래서 가장 나다운 모습이 결국에는 가장 매력적이라는 것을, 때문에 연애란 궁극적으로 나 자신에 대해 좀 더 알아가는 과정이 될 수밖에 없다는 것을…… 이 모든 것을, 우리는 연애를 통해, 배운다.

　물론, 연애는, 끝난다, 수도 없이.
　그 연애가 얼마나 위대했는지, 찌질했는지는 중요하지 않다. 연애의 경험은 영원히 이어지지 않는다. 훌륭한 연애도, 비겁한 연애도, 긴 연애도, 짧은 연애도 끝난다. 그리고 우리는 그 관계가 있기 전보다, 조금 더 나 자신과 사람에 대해 잘 알게 된다.
　잘 보이지는 않아도, 아주 작은 성장이 있었다고 믿어도 좋으리라. 그러니까, 연애 후의 나는 연애 전의 나보다는 나은 사람이라고, 그 차이가 비록 아주, 아주 작더라도.
　얼마 전, 후배가 말했다. 알던 오빠가 데이트신청을 해왔는데, 어떡해야 할지 모르겠다고. 자기 이상형이랑 딱 들어맞는 건 아닌데, 나쁜 사람은 아니어서 고민이라고.
　나는 과감하게 충고했다.
　"일단 해! 무조건!!"

　어차피 연애는 끝난다. 그러니, 끝나지 않을 연애를 찾느라 눈을 굴릴 필요가 없다. 게다가, 연애를 잘 못 하는 사람들의 공통된 특징이 무엇인 줄 아는가? 자기에게 어떤 남자가 필요한지 잘 모른다는 점이다. 아니라고 말할지도 모르지만.
　'아니에요, 난 〈시크릿 가든〉의 현빈처럼 겉으로는 차가워 보이

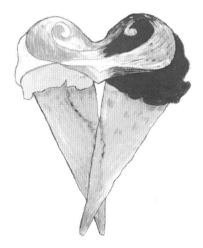

지만 사실은 따뜻한 남자가 좋은걸요.' 혹은 '〈미안하다 사랑한다〉의 소지섭처럼 가슴 속에 불덩이 하나 안고 있는 시크남이 좋아요.'

미안하지만, 그런 남자, 현실에는 없다. 우리에게 필요한 이상형이란 그런 판타지가 아니라, 진짜 나와 짝을 이루어줄 살아 숨 쉬는 현실의 남자다. 그리고 크고 작은 관계의 경험들이 쌓여 가면서, 우리는 조금씩 알아 가게 된다. 내가 누군지, 나와 진짜로 어울리는 남자가 누군지. 그래서 최종적인 순간에 우리는 좀 더 '나다운' 선택을 할 수 있게 되는 것이다.

돌아보면, 남들보다 딱히 연애를 많이 한 것 같지도 않고, 남들보다 훌륭한 연애를 한 것은 더더구나 아니다. 연애라고 부르기도 무색한, 허접하고 찌질했던 관계들도 떠오른다. 그 관계 속에서 마찬가지로 비겁하고, 마찬가지로 부실했던 상대방과 내 모습도.

그러나.

불과(!) 두어 번만의 만남 뒤에 나의 연봉과 부서 이동 가능성을 타진하던 남자는 '나는 죽어도 일을 그만둘 수는 없는 여자'라는 사실을 뼈저리게 알려 주었고, 인품이나 직업 등 어디 하나 빠지지 않았던 참 좋은 남자는 내가 '찌르르함'이 없이는 도저히 남자를 만날 수 없는 여자임을 알려 주었으며, 키도 크고 얼굴도 반반하고 말도 청산유수였던 남자는 나에게 필요한 남자의 덕목이 외모가 아니라 다른 종류의 정신적인 미덕임을 가르쳐 주었다.

그런 관계들이, 그 당시에는 괴롭고 화나고 아팠을지라도, 제공해 준 가르침은, 지나고 나서 보면 나에게 정말 필요했던, 소중한 교훈들이었다. 그 교훈들이 없었더라면, 나는 여전히 드라마에서나 존재하는 남자의 허상을 찾아, 피를 흘려 가며, 이 사람 저 사람을 기웃대고 있었을지도 모를 일이다.

오히려 아쉬운 것은, 불발로 끝난, 그래서 아무것도 남기지 못한 관계들이다. 어떤 감정도, 기억도, 교훈도 남기지 못한, 주춤거리다 결국 존재하지 못했던 연애들 말이다.

그러므로 내 인생의 후배들에게 이렇게 말해 주고 싶다.

"일단 해! 무조건!"

쉬워 보일까 봐, 헤픈 여자가 될까 봐 연애의 가능성 앞에서 멈칫거리지는 않았으면 한다. 살아갈수록, 연애의 기회는, 아주 허접하고 찌질한 관계조차도, 생각만큼 자주 오는 것은 아니라는 것을 알게 될 테니까 말이다. 또한 연애가 제공하는 위대한 선물, 자신에 대해 더 많이 알고 상대를 더 많이 사랑하고 한 걸음 더 성장할수 있는 기회를 적극적으로 취하기 바란다.

헤픈 거, 나쁜 거 아니다. 아니, 좋은 거다.

궁극적으로 '실패한 연애'란 성립할 수 없는 말일 것이다. 모든 연애는 의미로 충만하다. 사랑이고, 성장이고, 기회이고, 경험이다. 그러므로, 연애는, 결론적으로, 무조건 좋은 것이다.

공부하듯, 시험 보듯, 연애를 할 수는 없겠지만, '관계'라는 과목에서 조금씩 더 좋은 성적을 받을 수도 있을 터이다.

다소 위험한 충고일 수도 있겠지만 양다리라도 좋다. 내가 양다리를 걸칠 수 있는 사람인지 그럴 수 없는 사람인지도 확실하게 알게 될 것이고, 내가 연애에서 진짜 원하는 것이 무엇인지도 더 분명해질 것이니까. 뭐든, 남는 것이 있을 것이다.

사랑도, 연습이 필요하다.

무조건, 연애를 지지합니다.
오늘, 행복한 밤 되시길!

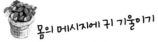

몸은 모든 것을 알고 있다

살면서, 몸을 혹사시키는 것은 흔한 일일지도 모른다.

나 역시 그랬다.

내 몸은 하나의 도구였다. 내가 생각하는 것을 실현해 내기 위해 끌고 다녀야 하는 몸뚱아리. 무의식적으로 나는 '마음'이 '몸'보다 우선한다는 근대적 사고를 받아들이고 있었는지도 모르겠다.

그러니, 내 몸에 관심을 기울인다는 건 일종의 사치였을 게다.

'정신이 이렇게 사나운데, 에이, 무슨 몸까지 신경을.'

이랬으니, 내 몸은 30여 년 동안, 주는 대로 먹고 움직이는 대로 움직이고 가능한 만큼 잠을 잤을 터. 따뜻한 보살핌 따위, 꿈도 못 꾸고. 가엾게도.

'몸의 항변'이 본격적으로 터져 나온 것은 서른을 갓 넘겨서였다.

당시 나는 아침 연속극 야외연출로 일하고 있었다. 몇 년 만에 '조연출' 타이틀을 떼고, 마침내 '연출'이라는 두 글자가 내 이름 앞에 처음 붙기 시작했다.

사실 드라마 PD란 그리 우아한 직업은 아니었다. 딸이 방송국에 입성(?)했을 때 엄마는 내게 바지정장과 핸드백, 화장법이 필요할 것이라 짐작했지만, 내가 계속 구매하는 상품이 정장, 핸드백, 화장품이 아닌 후드점퍼와 청바지, 운동화임을 목격하고 좌절하셨으니……

드라마 조연출은 주말은커녕 휴일도 없고(쉬는 날이 촬영하기에 조건이 더 좋으니까), 출퇴근 시간도 없고(새벽에 비는 편집실을 찾아들어가 예고를 만들던 시절이었다), 엄청나게 많은 사람들을 만나며(연기자, 스태프, 매니저 등등), 때로는 그들의 이해관계를 조정(?)하는 역할을 해내야 하는(내 이해관계도 조정하지 못하면서!), 상당히 업무 강도가 높은 자리였다(당시 내 깜냥으로는, 특히나).

그리고 마침내 처음으로 연출이 되었고(비록 '야외연출'에 불과했지만), 감개무량했지만, 스트레스는 조연출 시절 못지않았다. 촬영은 늘 이른 아침 시작했고, 종종 밤을 새웠고, 촬영 스케줄은 너무나 빡빡해서 찍어도 찍어도 끝이 없었다.

그날은 금요일이었다. 열이 좀 나고, 소변을 볼 때 불쾌감이 일었다. 깊이 생각하지 않았다. 감기 같은 것, 버티면 낫는다고 생각해 온 나였다. '촬영을 앞두고서 몸살 같은 건 날 수가 없어'라고 생각하던 나였다. 다만, '일요일부터 촬영인데, 그때까진 좀 나아져야 할 텐데'라고 생각했다.

다음 날인 토요일 아침, 드디어 사단이 났다.

온몸이 펄펄 끓었다. 통증이 너무 심해서 걷기도 힘들 정도였다. 일단 병원을 가야 했다. 구석에 처박혀 있던 '상가수첩'을 꺼내서 집 근처 병원들에 전화를 돌렸다. 문을 연 병원은 어디라도 가야 할 상황이었다. 가장 일찍 전화를 받은 곳은 근처의 한 산부인과였다.

이지적인 느낌의 젊은 여의사였다.

그저 내 상태만 보고도 다 알겠다는 표정을 짓더니 잠깐 뒤로 돌아보란다. 몸을 돌리니 허리 뒤쪽을 주먹으로 톡, 쳤다. 순간 하늘이 노래졌다. 입에서는 나도 모르게 악, 소리가 나왔다.

의사는 건조하게 선언했다.

"신우신염입니다."

처음 들어보는 병명이었다. 의사는 근엄하게 꾸짖었다.

"나이가 이 정도 됐으면 몸관리는 기본 아니에요? 도대체 어떻게 몸을 굴렸기에, 이렇게 염증이 심해져서 와. 이 정도면 아팠을 거 아냐. 아픈데 그걸 그냥 내버려 뒀어요? 자기 몸을?"

나는 고개를 숙였다. 그녀의 말이 구구절절 맞았다.

내 나이가 얼만데, 몸 관리도 못하고, 이 지경이 될 때까지…….

제대로 하자면 2주간 입원해야 한다고 했다. 나는 최대한 애처로운 표정으로, 내일은 새벽부터 일하러 나가야 한다고, 일만 할 수 있게 해달라고 말했다.(이 이상한 직업정신.)

의사는 더욱 한심하다는 듯한 표정으로 변했다. 마치 '너의 그런 무데뽀적 자세 때문에 네 몸이 이 지경이 되었는데, 너는 여전히 일 타령이구나, 네 몸은 제쳐 두고' 이런 표정이었다.

그러고는 치료. 침대에 누워 진통제를 섞어 넣은 링거를 팔에 꽂자 얼마 지나지 않아 통증은 가라앉기 시작했다. 몽롱해지며 잠이 쏟아졌다.

아이러니하게도 링거 바늘이 꽂히는 순간부터 안도감이 찾아왔다. 내 몸이 보호받고 있다는 느낌이었다. 그동안 방치되고 무시되어 왔던 내 몸이, 비로소, 대접받기 시작했다는 느낌.

생각해 보니 한 번도 내 몸의 존재를 제대로 인식해 본 적이 없었다.

그래, 내 몸이 있었다. 내가 존재하고, 내가 움직이고, 내가 숨 쉬고 생각하게 하는 내 몸, 나와 동격인 내 몸.

지금까지 나와 살아가고 있는 내 몸을 느끼면서, 오랜 혹사 끝에 마침내 아프다 비명을 지른 내 몸과 함께 나는 잠이 들었다.

그날 이후, 나는 좀 더 내 몸이 보내는 신호에 민감해졌다. 적어도 아프면 병원에 가고, 피곤하면 쉬려고 노력했다.

내 몸을 함부로 대하는 것은 나 자신에 대한 학대임을 알았으니까. 오랫동안 무시해 온 나의 몸에게 미안해서. 몸은 그저 나에게 주어진 도구나 그릇이 아니라, 나 자체였다. 아팠기 때문에 알게 된 것이리라.

온몸을 휘저었던 그날의 고통이, 정신을 맑게 하고 선명한 자각을 선사해 주었기 때문에. 나는, 그저, 아프고 고통스러웠기 때문에.

내가 예민해질수록 몸은 더 많은 것을 알려주었다.

누군가와 먹은 밥이 두 번씩이나 체했을 때 나는 알았다. 내가 그 사람에 대해 매우 '불편한' 감정을 가지고 있었다는 것을. 나의 소화능력은 단지 위장의 문제가 아니었다. 그것은 내 감정의 움직임을 알려주고 있었다.

얹힌 감정은 생각보다 무거웠던 모양이어서, 약국에서 사먹은 소화제로는 낫지 않았다. 결국 손가락을 따서 검은 피를 빼내면서, 그 '불편함'이 정리되기 전에는 그 사람과 밥을 먹지 말아야겠다는 결심을 했다.

오랫동안 내 고질병이었던 악관절 장애는 '이를 악무는 버릇' 탓이었다. 그 습관은 그냥 버리려고 한다고 없어지는 것이 아니었다. 스트레스만 받으면 나도 모르게 이를 악무는 습관. 결국은 스트레스의 문제였다.

자면서도 이를 악무는 버릇, 아침에 일어나면 턱 주변이 뻐근했다. 악관절 장애를 고치려면, 필연적으로 내 안으로 스트레스를 다루는 내공을 익혀야만 했다. 정도의 차이는 있었지만, 악관절 장애는 몇 년 동안이나 지속되었는데, 불필요한 욕심과 나를 갉아먹는 분노를 조금(비록 아주 조금이었지만) 내려놓으면서(물론 각종 요법과 한약의 힘을 빌렸지만) 완치되었다.

아침에 턱이 조금이라도 뻐근하다면, 무엇보다도 내 안을 들여다볼 일이었다. 나도 모르게, 누군가 또는 무언가를 향해서, 내가 화를 내고 있는지.

몸의 어딘가가 긴장한다면, 그것은 내가 하고 있는 일에 대해 '나쁜 결과'를 예감하고 있는 경우였다. 몸을 보고 내 마음을 읽을 수 있었다. '아무려면 어때'라고, 결과에 대한 집착을 놓으려고 마음을 풀기 시작하면 몸의 긴장도 함께 풀리기 시작했다. 반대로, 몸의 긴장이 풀릴수록, 즉 몸이 더 유연해지고 가벼워질수록 마음이 평안해지는 경우도 많았다.

몸을 아는 것은, 마음을 다루는 일이었다. 내 몸과 친해지는 것은 나 자신과 더 가까워지는 일이었다. 찬찬히 내 몸을 살피고, 소중하게 내 몸을 다루고, 몸이 나에게 보내는 메시지에 귀를 기울이는 것, 그것은 생각보다 유용하고, 게다가 유쾌한 경험이었다.

그래서 오늘 밤에는 일찍 침대로 가려고 한다. 지금 내 몸이, 편안한 잠을 원하기 때문에. 굿나잇.

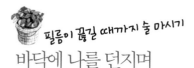

바닥에 나를 던지며

K오빠는 대단한 완벽주의자였다. 어떤 문제에 대해서든 마치 며칠 밤을 새워서 준비한 것 같은 논리정연한 답안을 내어놓았고, 한 번도 머리 모양이나 옷매무새가 흐트러진 모습을 보여준 적이 없었다. (적어도 나는 한 번도 못 봤다.)

심지어 엠티를 떠났을 때, 커다란 방에서 술과 게임과 담배로 모두 고주망태가 되어 가는 중에도 K오빠는 혼자 꼿꼿하게 사람들을 챙겼다. (나는 취해 가는 흐린 눈을 비비며 'K오빠는 정말 주량이 세구나' 생각했다.) 늘 미소 띤 얼굴로 예의 바르게 사람들을 대했고, 한 번도 정도를 벗어나는 행동을 하지 않았다. (위인전에 나오는 문장 같지 않은가?)

P언니는 K오빠와 반대의 캐릭터였다. 시험을 보았을 때 D학점을 받는 건 예사였고, 리포트 내는 날짜를 어기기 일쑤였다. 이성

적이라기보다는 감성적이어서 누가 농담을 하면 입을 크게 벌리고 깔깔대다가 슬픈 얘기를 하면 바로 눈가가 촉촉해지는, 뭐랄까, 좀 열정적인 스타일이랄까?

술을 좋아하고 자주 마셨으며, 또 그만큼 자주 취했다. (주량이 약한 것은 아닌 듯했다. 그냥, 정말 많이 마셨다.) 취하면 더 크게 웃었고, 오지랖이 넓어서 여기저기 치이는 사람이기도 했다. (그래서 나는 P언니가 좋았다. 위선 없는 그, 솔직함 덕분에.)

그리고…… (두둥)

세상일에는 항상 반전이 있는 법.

K오빠와 P언니는 꽤 오래 사귄 캠퍼스 커플이었다. 처음 그 사실을 알고 얼마나 놀랐는지. (역시 사랑이란 참 오묘한 것.)

P언니는 K오빠의 그 완벽함이 너무 답답하다고 했다. 이렇게 겉으로 완벽해 보이기 위해서 속으로 얼마나 썩어문드러지고 있는 거냐고, 애인인 자기 앞에서까지 흐트러진 모습 하나 안 보이는 남자한테 과연 인간미가 느껴지겠냐고, 여러 번 바가지를 긁었던 듯했다. 그러면서 이런 말도 던졌던 모양이다.

"오빠는 심지어 술 마시고 오바이트도 안 하잖아!"

그 다음 날 밤, P언니의 자취방에 K오빠가 찾아왔다. 그는 몸을 가눌 수 없을 정도로 취해 있었다. 그때 언니는 K오빠도 '사람'이라는 것을 처음 느꼈다고 했다. 아, 너도 사람이구나, 이런 생각이

들며 인간미가 확 풍기더라 했다.

K오빠는 속이 안 좋다며 화장실로 가서 언니가 그토록 촉구(?)하던 오바이트를 했고, 언니는 그의 등을 두드려 주는 소원을 성취했다. 그리고 더욱 그를 사랑하게 되었다. 왜 그럴 때 있잖은가. 상대방이 나에게 약한 모습을 보일 때 더 그 사람을 품어 주고 싶은 심리. ('아플 때만 네가 내 것 같아' 이런 대사도 있었지, 아마.)

오바이트를 마칠 때쯤 그는 언니를 돌아보며 혀 꼬부라진 소리로 이렇게 말했다고 했다.

"됐냐? 됐어? 이제 만족해?"

언니는 자랑스레 이 이야기를 후배들에게 해주었고, 우리는 언니가 느끼는 자랑스러움을 십분 이해할 수 있었다. 또한 우리 역시 비슷한 선입관―오빠는 멋있긴 한데 좀 무서워요―을 깨부술 수 있었다.

K오빠도 오바이트를 하는 인간미 넘치는 사람이라는 걸 알게 되었으니까. (언제 어디서나 털어도 먼지 하나 안 날리게 깔끔하고 완벽한 사람, 왠지 좀 무섭잖아요.)

어쩌면 나도 K오빠와 비슷한 사람이었는지 모르겠다. 자존심 때문인지 두려움 때문인지, 남들 앞에 흐트러지는 모습을 보이는 게 싫었으니까. 그냥 나는 단정한 사람이고 싶었다. 나도 허술하기 짝

이 없는 보통 인간이라는 사실을 들키고 싶지 않았다. 그래서 본의 아니게 주량이 세다는 오해를 받기도 했다.

사람들은 내가 취하지 않기 위해 짬짬이 찬물을 들이켜고, 미리 숙취해소음료를 마시고, 찬 겨울의 바깥공기를 들이마시고 온다는 사실을 몰랐다.

흐트러지면 안 된다는 강박이 이렇게 강한데 술자리가 재밌을 리가 있겠는가. 마음 편하게 사람들과 술잔을 나누며 서로의 마음을 나눌 수가 있겠는가. 그러나 다들 아시겠지만, 대한민국이 어떤 나라인가. 술자리에서 친해지고, 술자리에서 정보를 교환하고, 술자리에서 속이야기를 털어놓는 나라가 아니던가.

나는 점점 모든 종류의 술자리가 불편해지고 있었다.

그리고 나에게도 '그 밤'이 찾아왔다.

주거니 받거니 밤이 무르익어 가고 있었고, 술자리는 파할 줄을 몰랐다. 마침내 나는 결심했다. 잠시만 나를 내려놓기로.

남이 오바이트할 때 등을 두드려 주고, 택시를 태워 집에 보내 주고, 술자리를 정리하는 단정하고 모범적인 나를 잠시 벗어나기로. 내 안의 모든 허술함과 망가짐과 비틀림, 찌질함과 직면하기로.

이렇게 결심한 특별한 이유가 있었던가? 잘 기억이 안 난다. 그 냥, 술자리가 길어지고 있었고, 집에 갈 수 있는 분위기는 아니었고, 내 주량으로 버티기가 어려워질 정도로 취기가 오르고 있었기 때문이 아니었을까?

'나'를 내려놓자 금세 바닥이 보였다. (그간 나를 버티게 한 것은 주량이 아니라 의지였음이 증명되는 순간이었다.) '술 먹고 뻗는 일'은 생각보다 아주 쉽고 신속했다.

다음 날 아침, 방에서 눈을 떴을 때 나를 찾아온 것은 우선 끔찍한 숙취였다. 깨질 듯 머리가 아프고 속이 울렁거렸다. 온 몸이 알코올에 절어 있는 것 같은 기분이었다. 두 번째로 찾아온 것은 토막난 기억들. 필름 끊기는 것을 영어로 'black out'이라고 한다지. 필름, 블랙, 내 참…… 술꾼들의 이 절묘한 표현력이라니.

토막토막 끊긴 그 밤의 기억은 정말 불량 필름 같았다. 어젯밤 내 근처에 앉았던 사람들 얼굴이 차례로 뿌옇게 떠올랐다 블랙으로 아웃. 왁자한 소리가 섞여 들렸다가 블랙으로 아웃. 눈 떠보니 택시 안, 다시 블랙으로 아웃. 우리 아파트 입구 계단을 오르는 내 발이 잠깐 스치다가 블랙으로 아웃. (이번 블랙은 좀 길었던 듯.) 우리 집 화장실에서 토하고 있던 내 모습에서 다시 블랙으로 아웃.

그리고 마지막으로 나를 찾아온 것은, 놀랍게도(그리고 우습게도) 자유였다. 나를 옥죄고 있던 그 무엇을 털어낸 느낌, '이러이러해야 해'라는 강박으로부터 해방된 느낌, 비록 그것이 술을 진탕 마시고 바닥에 드러눕는 것이라 해도 내 의지에 따라 해낼 수 있다는 느낌, 이 모든 느낌들이 일관되게 의미하는 바는 '자유'였다.

그렇다. 나는 자유로운 존재였던 것이다!

그날의 경험은 나를 둘러싼 견고한 방어막을 깨는 경험이었고, 내가 붙잡고 있던 틀을 벗어나는 경험이었다. 틀 밖에도 세상은 존재했고, 방어막 밖에서도 나는 살아 있었다. 그러므로 틀은 깨질 수 있는 것이었다. 나는 언제든지 내 의지에 따라 틀을 넘어설 수 있다는 것을 배웠다.

우리는 모두 어떤 틀 안에 갇혀 살아간다. 일상의 작은 습관부터, 추상적인 가치관까지. 예컨대 나는 꼭 아침을 먹어야 하고 양치질은 왼손으로 한다. 방은 어지럽혀져 있어도 책상은 잘 정리되어 있어야 하고, 조금 더 공정한 사회가 되는 것이 진보라 믿으며, 특정한 연예인과 정치인을 좋아한다.

그런 식의 틀 없이 살 수는 없을 것이다. 사는 데는 원칙 같은 것이 필요하고, 살면서 직면하게 되는 수많은 선택지 앞에서는 기준이 필요하게 마련이니까.

그러나 나를 규정짓는 틀에 대해 성찰하지 않으면, 틀은 점점 작아지고 견고해져서 틀 밖에 있는 것들을 볼 수 있는 능력이 사라지게 된다. 아집과 편협이 되는 줄 모르고 틀 안에 갇혀 우물 안 개구리처럼 살아가게 되는 것이다.

이야기가 거창해졌다. 아무튼 결론은, 한 번쯤 틀을 벗어나 보라는 것이고, 술을 필름이 끊길 때까지 왕창 마시고 뻗어 보는 경험이 의외로 틀을 깨는 데 아주 유용하다는 것이다. 그것은 '바닥'을 들여다보는 경험이기도 하다. 어디까지 망가질 수 있는지, 어디까지 찌질해질 수 있는지, 어디까지 구차해지고 비틀리고 엇나갈 수 있는지를 살짝 맛보는 경험이다.

한두 번이라면, 짜릿한 맛도 있고, 제법 견딜 만하다.

1. 당연하지만, 자주 필름이 끊길 필요는 없다. 단 한 번의 경험으로도, 이 모든 교훈을 얻기에는 아주 충분하다. (게다가 알코올 중독의 위험도 있으니까……)

2. 술을 못 하는 사람에게는 커다란 아이스크림을 한꺼번에 해치우는 유사한 경험을 추천한다. 틀을 깨고 아이스크림 통의 '바닥'을 본다는 측면에서 비슷한 감정적 경험을 제공받을 수 있다.

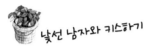
낯선 남자와 키스하기

나이 들면 절대 저지르지 못할 일

오래간만에 그녀를 만났다.

청담동의 한 카페. 한쪽 벽면을 다 차지하고 있는 커다란 창으로 햇살이 부서졌다. 다사로운 시간이었다.

오래간만에, 나른해도 좋은 시간.

우리 앞에 커피가 놓였다. 하얗고 자그마한 컵에 담겨 있는 까맣고 진한 커피. 나는 설탕을 두 스푼 넣어 저었다. 촌스럽지만 나는 달콤한 커피를 좋아한다.

"만약 타임머신이 있어서 과거로 돌아갈 수 있다면, 꼭 저질러 보고 싶은 일이 뭐야?"

그녀는 커피에 설탕을 넣지 않았다. 진짜 커피의 맛은 블랙이라고 늘 주장해 온 그녀다.

"글쎄…… 다시 그때가 된다면, 저지르고 싶은 거 너무 많지. 너무 많아서……"

설탕을 두 스푼 넣은 커피를 한 모금 마셨다.

이 맛이다. 이 편안한 오후의 맛.

"그래도 딱 하나만 꼽아 본다면 말이야. 너무 고민하지 말고, 그 냥 퍼뜩 떠오르는 것."

그녀가 말했다.

"낯선 남자와 키스하기?"

"낯선 남자랑? 키스를? 전혀 모르는 남자랑?"

"응. 그런 경험이, 한 번쯤 있으면 좋을 것 같아."

낯선 남자와 키스하기. 그런 경험이 한 번쯤 있으면 인생이 풍요로워질까? …… 그럴 수도 있을 것 같다.

"그건…… 온전히 느낌으로 충만한 순간이잖아. 살다 보니까 온통 느낌에 나를 맡긴다는 게 쉬운 일이 아닌 것 같아. 나이가 들수록 더 어려워지지. 생각을 하고 판단을 하다 보면 그런 순간을 가질 수가 없어."

느낌으로 충만한 순간이라…… 하기야 나는 늘 판단을 하며 산다. 지나치게 비판적이 아닌가, 속으로 뜨끔할 때도 많다.

그녀가 웃었다.

"뭐, 낯선 남자와 키스하는 경험 같은 건 갖고 싶다고 해서 모두 가질 수 있는 건 아니겠지. 낯선 남자가 아무 남자는 아니니까 말이야."

영화의 한 장면이 떠올랐다. 영화 〈성월동화〉. 비밀경찰 가보(장국영 분)는 경찰의 추격을 피하기 위해 거리에서 다짜고짜 한 여자를 끌어안고 키스를 한다. 그 여자 히토미(토키와 다카코 분)에게는 교통사고로 죽은 가보와 너무나 꼭 닮은 애인이 있었다.

그리고 당연한 수순처럼 두 사람의 사랑이 시작되었다.

"그 남자가 장국영이라면 바랄 게 없겠지."

"무슨 소리야?"

나는 그녀에게 〈성월동화〉에 대해 이야기를 해주었다. 사실 좀 뻔한 멜로영화였지만, 초반의 그 키스 장면만으로도 기억에 꽉 찼던 영화라고. 내가 본 최고의 키스 장면이었지만, 어쩌면 내가 20대에 보았기에 더 강렬했을지도 모르겠다고.

"어쩌면 낯선 남자와 키스를 하는 건, 생각보다 훨씬 필요한 경험일지도 몰라. 우리는 이걸 20대의 버킷 리스트에 올려두고 의식적으로 실천해야 하는 건지도 모른다구."

그녀가 한숨처럼 말했다. 정말 그럴지도 모르겠다.

잠시 나의 이성적 자아를 내려놓는 경험.

나를 치열하게 찰나의 순간 속으로 던져넣는 경험.

전면적으로 타인과 부딪히고 융합하는 경험.

본능과 느낌을 믿고 로맨스를 희망하는 경험.

낯선 남자와 키스를 하면서……

"그런데, 낯선 남자랑 키스를 하려면 어떻게 해야 하는 거지?"

그녀가 어이없다는 듯 나를 보았다. 그녀는 지금 아이 둘의 엄마다. 그래도, 여전히 예쁜 손짓.

"바보. 그냥 하면 되잖아."

눈만 껌벅거리는 나에게 그녀가 친절하게 설명해 준다.

"낯선 남자들이 존재하는 수많은 공간이 있잖아. 다가가서, 그의 입술에 네 입술을 대면 되는 거잖아. 너, 키스가 뭔지 몰라?"

그렇다. 그녀는 역시 화끈하고 똑똑하다. 그렇게 보니 낯선 남자와 키스를 하는 것은 미지의 경험에 나를 열어 두는 마음가짐인 것 같기도 하다.

나는 나의 20대를 조금 후회했다. 다칠까 봐 주춤댔던 숱한 미완의 경험을 떠올리면서……

그땐 좀 더 용감했어도 되지 않았을까. 좀 더 본능에 충실했어도 되지 않았을까. 서른 살엔 스무 살보다 비겁해지니까. 나이가 들수록 두려워지니까. 그래서 20대는 강하다. 강하니까, 부딪힐 만한 여력이 있으니까, 낯선 남자와 키스 따위, 그런 미지의 밤 같은 것, 겪어 냈었어도 괜찮지 않았을까.

그랬어도, 여전히, 나는 지금, 여기, 살아 있을 테니까. 조금 더 강한 사람이 되어. 사랑에 대해 조금은 더 아는 사람이 되어.

생각해 보니, 이런 키스에 대한 영화가 또 있다. 홀리 헌터가 주연한 영화 〈키스〉. 재즈클럽에서 우연히 부딪힌 낯선 남자와의 황홀한 키스. 그 이후, 여자는 삶이 바뀌는 것을 경험한다. 삶 전체를 바꾸어 내는 키스. 얼마나 놀라운 기적의 순간인가.

"커피 맛있다."

한 잔의 커피를 홀짝 다 마신 그녀가 창밖을 바라본다. 햇살이 이번에는 그녀의 얼굴 위에 와 부서진다. 어쩌면 그녀, 낯선 남자와 키스를 해본 건지도 몰라. 잠깐 그런 생각이 든다.

나도 남은 커피를 다 마셨다. 이 카페는 조그맣고 하얀 잔에 지칠 때까지 커피를 채워 준다. 웨이트리스가 주둥이가 긴 주전자로 커피를 따라 주었다. 나는 다시 설탕을 두 스푼 넣어 젓는다.

물방울 하나에 바다 전체가 있다.

바닷물 한 방울은 바다의 속성을 모두 갖고 있다.

물방울들의 합이 바다가 되는 것이 아니라, 물방울은 곧 바다다.

그렇듯이,

순간은 곧 삶 전체다.

그런 순간들이 모여 삶이 되는 것이 아니라,

짧은 찰나의 그 순간 속에서 우리는 삶의 본질과 만나는 것이다.

낯선 이와의 키스처럼 강렬한 느낌으로 충만한 그런 순간 속에서.

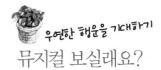 우연한 행운을 기대하기

뮤지컬 보실래요?

거리를 걷다가 뮤지컬 광고를 보았다.

어디였는지는 잘 기억도 나지 않는다. 확실한 것은, 내가 늘 왔다 갔다 하는 거리는 아니었다는 것 정도. 뭔가 볼일이 있어 우연히 지나게 된 길이었는데, 길가의 가로수들에 깃발 형식으로 만든 뮤지컬 홍보 포스터를 연달아 매달아 놓았었다. 나는 무심코 그것을 올려다보았다.

'어? 내가 좋아하는 배우가 나오네? 저거 보러 가고 싶은데.'

짧게 그런 생각을 했다.

며칠 뒤 전화가 한 통 걸려 왔다. 몇 년 전에 업무 때문에 알게 된 사람이었다. 그때 전화번호를 저장해 두긴 했었는데, 그 사이 전화는커녕 명절 때 그 흔한 단체문자 한 번 주고받은 적이 없는 사이였다. 갑자기 웬일일까 싶었는데, 뜻밖의 소리를 들었다.

"뮤지컬 보실래요?"

그녀가 말한 것은 내가 거리에서 무심코 보고 싶다 생각했던 바로 그 뮤지컬이었다. 그녀는 지금 그 뮤지컬 홍보를 맡고 있다 했다. 유명 배우가 캐스팅된 데다가 워낙 스케일이 큰 무대라 표를 구하기도 쉽지 않을 것 같은 비싼 공연이었는데, 초대해 준다니 정말 의외였다. 게다가 이런 뜬금없는 연락이라니.

나는 너무 보고 싶었던 공연이었다고, 당연히 가겠다고, 감사하다고 했다. 그리고 주말에 무대가 잘 보이는 자리에 앉아서 행복하게 공연을 즐겼다.

뮤지컬을 보고 싶었던 나의 소망과 갑작스런 그녀의 연락이 단순한 우연이었을까?

살다 보면, 이런 '우연한 행운'은 의외로 자주 찾아온다.

무언가를 원했는데, 의식적인 노력 없이, 우연히, 그것이 이루어진 경험 말이다. 혹자는 그래서 이렇게 말하기도 한다.

우연은, '신의 윙크'라고.

우연한 행운의 종류와 크기는 다양하다.

'음, 오늘 아침엔 좀 색다른 커피를 마시고 싶은걸' 하고 생각했는데 카페에서 새로 나온 음료 판촉행사를 하고 있다거나, 늘 만원인 회사 주차장에 마치 나를 위해 비워 둔 것 같은 자리가 딱 한 개

남아 있다거나, 신호에 한 번도 걸리지 않고 쭉 달려 출근을 했다든가 하는 것부터, 드럼을 배우고 싶다고 생각하던 차에 아는 사람으로부터 드럼 개인 교습을 하는 사람을 소개받았다거나, 꼭 필요했던 돈이 예기치 않게 생겼다거나, 생각지도 못했던 기회를 잡았다거나 하는 것까지…….

한번은 은행에 갔다가 내가 기억도 못하는 예금 계좌를 갖고 있다는 것을 알게 된 적도 있다. 이사를 앞두고 있어서 여기저기 목돈이 들어갈 때였는데, 300만 원짜리 예금 통장이 나에게 있다는 사실을 알게 된 것이다. 언제, 왜 그 예금 상품을 들었는지 기억도 안 나고, 그것이 가입된 지점은 내가 가본 적도 없는 곳이었다.

아무튼 나는 이 뜻밖의 행운을 감사히 받았고 300만 원은 매우 유용하게 쓰였다.

몇 년 전, 사무실 옆자리에 앉아 있던 선배가 갑자기 괴성을 지르며 기뻐하는 걸 보았다. 왜 그러냐고 했더니, 날씨가 추워져서 두꺼운 점퍼를 찾아 입고 나왔는데, 방금 호주머니에 손을 넣었더니 10만 원짜리 수표 두 장이 잡혔다는 것이다. 그 돈이 어디서 왔는지는 당연히 기억이 안 나고, 그 수표가 와이프의 눈에 띄지 않고 지금 자기 손에 들어왔다는 건 기적이라는 거다.

그랬다. 그때 선배는 분명 '기적'이라고 했다. 공돈이 생겼다며 신나하는 마흔 살의 남자를 보면서, 행복이란 결국은 '새로 갈아입은 옷 속에 들어 있는 수표를 우연히 발견하는 것'이라고 말할 수도 있겠다 싶었다.

그러면 이런 기적은 언제 찾아올까?

자연법칙처럼 '우연한 행운의 원인은 무엇무엇입니다'라고 단정
지을 수는 없지만, 관심을 기울일수록 기뻐할수록 이런 우연은 더
많이 찾아온다. 행운을 기대할수록 행운이 더 많이 찾아온다니, 신
기하지 않은가? 마음을 열고 세상을 둘러보면 도처에서 신이 우리
를 향해 윙크를 하고 있다니…….

그 반대도 성립한다. 우연한 행운을 그저 우연으로 치부해 버릴
수록, 마음을 닫을수록, 무시할수록, 그것은 사라진다.

내가 아는 사람 중에 매사 부정적인 사람이 하나 있다. 그는 자
기에게 발생하는 모든 것을 불만과 비판으로 해석하는 데 빼어난
재주가 있다. 그와의 대화는 늘 이런 식이다.

"요즘 뭐하세요?"

"○○를 해요."

"어머, 잘됐네요."

"잘되긴요. 보나마나 지지부진 끝나겠죠."

그의 인생에 '행운'이란 존재하지 않는 단어다. 신기한 것은, 이
걸 신기하다고 해야 할지는 모르겠으나, 실제로 그는 내가 아는 사
람 중 가장 운이 나쁜 사람 중 한 명이다. 접촉 사고가 나고, 사기를
당하고, 하던 일이 중단되고, 연인은 떠났다. 딱 그가 예상한 대로.

"이거 보라구. 늘 이 모양이야. 내 일이 잘 풀릴 리가 없지. 그런데 우연한 행운? 무슨 얼어 죽을!"

억울해하며 그는 이렇게 말하겠지만, 나는 아무래도 그의 불운은 그가 행운을 기꺼이 받아들이지 않는 데 원인이 있는 것 같다.

그는 늘 자신에게 찾아드는 우연을 무안하게 만들어 뻥! 차 버린다. 예를 들어, "뮤지컬 보실래요?" 하면 '홍보 한번 해보겠다고 용을 쓰는군. 돌려야 하는 티켓 할당량이 있는 거 아냐?' 하면서 티켓을 받아드는 식이다.

당연히 뮤지컬은 기대 이하의 무대가 되고, 그는 "뭐야. 춤도 노래도 다 엉망이잖아" 하고 투덜거리며 공연장을 나서게 될 것이다. 어쩌면 이유 모를 교통체증으로 공연 시간을 놓칠지도 모른다.

나쁜 일이 연달아 일어나는 경험, 다들 해본 적이 있을 것이다. 잠결에 침대에서 굴러 떨어지고, 스타킹의 올이 나가고, 출근 복장으로 갈아입고 급하게 양치질을 하는데 치약거품이 옷에 뚝 떨어진다. 차는 막히고, 회사 엘리베이터가 고장 나고, 노트북이 다운된다.

우연한 행운도 마찬가지다. 우연한 행운에 마음을 열기 시작하면, 신은 계속해서 윙크를 보내 준다. 다 떨어진 줄 알았던 커피 믹스가 하나 남아 있다는 걸 발견하고, 내내 마음을 졸이게 하던 클라이언트가 갑자기 마음을 바꾸고, 늘 제멋대로 뻗치곤 하던 머리

카락이 드라이기 바람을 따라 얌전하게 자리를 잡는다. 복권에 당첨되거나 땅바닥에서 돈을 줍지는 못하더라도, 도처에 크고 작은 행운이 널려 있다는 것을 발견하게 된다.

나는 매일 스스로에게 두 가지 말을 반복합니다.
그 하나는 '왠지 오늘은 나에게 큰 행운이 생길 것 같다'이고,
다른 하나는 '나는 무엇이든 할 수 있다'라는 것입니다.
- 빌 게이츠

확실히 행운은 행운을 불러들인다. '나는 운이 좋다'라고 생각하는 사람일수록 결국 더 운이 좋은 사람이 되며, 더 행복하고 건강하게 삶을 살아가는 모습을 보게 된다.
그러므로 매일 아침, '우연한 행운'을 기대해 보는 건 어떨까?
기대할수록 더 많이 발견하게 될 것이다.
그 행운에 기뻐할수록 또 다른 행운이 찾아올 것이다.
그리고 그 우연에 감사할수록 더 고마운 우연들이 생겨날 것이다.

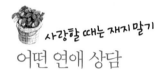

어떤 연애 상담

본의 아니게 '연애 상담' 비슷한 것을 하게 될 때가 있다.

내가 갖고 있는 건 확실한 연애비법 같은 건 아니고(당연하지), 고작 '연애는 소중하잖아요' 수준의 가치관에 불과하지만. 그래도 나는 비교적 성의껏 상담에 응한다고 자부한다.

연애는 소중하고, 연애 이야기는 (대개는) 재밌으니까.

최근 어떤 연애 상담을 하게 되었다.

구체적이며 디테일한 묘사로 가득한 상황 설명을 들었지만, 그녀의 고민은 결국 이거였다.

그녀는 그를 사랑한다.

그러나 그녀는 그가 자신을 사랑하는지 알 수가 없다.

아무래도 그와 헤어져야 할 것 같다며, 그녀는 촉촉한 눈으로 날 바라보았다. 나의 대답은 지극히 논리적이었다.

"그가 너를 사랑하는지 확인도 안 해봤다며, 뭘 헤어져? 사랑을 한 다음에 헤어지는 게 순서 아닌감? 사랑도 안 하고 헤어진다는 게 말이 돼?"

그녀는 나의 뜻밖의 반응에 조금 놀란 듯했다.

아무래도 나, 그녀의 손이라도 잡고 말했어야 했나?

잠시 후회하려는 찰나에 내 다음 말이 튀어나갔다.

"확인부터 해."

그녀의 눈이 동그래졌다.

"뭘?"

"그 남자의 마음. 함 물어봐. 나는 당신을 사랑한다. 당신은 나를 사랑하냐? 이렇게."

세상에 못 들을 말을 들었다는 듯, 그녀가 손사래를 쳤다.

"그걸 어떻게 물어봐. 그렇게 직접적으로…… 아니라 그러면 어떡해."

"아니라면 아닌 거지. 그 남자 마음을 모르겠어서 괴롭다며. 그 남자도 너처럼 '그 여자 마음을 모르겠어서' 괴로워하고 있을 수도 있잖아."

여기에 이르자, 그녀는 단호해졌다.

"그렇게 티를 냈는데, 어떻게 모를 수가 있어. 그렇게 힌트를 줬는데 말이야."

"무슨 힌트?"

"뭐, 같이 밥도 먹고! 만나자면 만나고! 그럼 다 보여준 거 아냐?"

"같이 만나서 밥 먹는 것 갖고 네 맘을 어떻게 알아?"

"딱 보면 알지."

"넌 딱 봐도 모르겠다며, 그 남자 맘."

"(답답해하며) 그 남자는 티를 안 낸다니까. 그래서 내가 괴로운 거잖아."

"너 누구랑 같이 밥 먹었어?"

"그 남자."

"같이 밥 먹었으면 그 남자는 네 맘, 딱 보고 알아야 한다며? 넌 모르고 왜 그 남자는 알아?"

잠시 침묵이 흘렀다. 왠지 그녀는 이 대화가 못내 억울한 표정이었다. 나는 '논리적으로' 접근하면 이렇게 단순한 결론을 왜 머리 좋은 그녀가 받아들이지 못하는지가 의문이었다.

"그냥 말해. 나는 너 좋다, 너는 어떠냐? 이렇게. 좋다 그럼 계속 만나고, 아님 말면 되잖아."

그녀는 고집스레 대답했다.

"그건 싫어."

"왜?"

"아니라 그럼 어떡해."

이번엔 내가 침묵했다. 대화가 쳇바퀴를 돌기 시작했다. 그녀가 가슴에 품고 있는 그 미지의 남자가 누구인지, 나는 모른다. 그녀가 말하는 정도로 멋지지는 않을 거라는 의심 정도만 가지고 있다. 어쨌든 이 순간, 문제는, 그 남자가 아니라, 그녀였다.

그녀는 내 앞에서 몇 번 눈물을 훔쳐 가며 그가 좋아 죽겠다고 말하면서도, 사실은 그를 위해, 더 정확하게는 그와의 사랑을 위해 아무것도 감수하려 하지 않았다. 아무것도 하지 않고, 상대방이 자기에게 무얼 해주나 바라기에 바빴다. 자기의 사랑을 보여주는 것은 두려워하면서, 왜 상대방이 자신에게 사랑을 주지 않느냐고 원망했다. 자신이 감수하지 않은 위험을 상대방은 당연하게 감수해야 한다고 주장하는 모순이었다.

끝까지 그녀는, 자기의 사랑을 위해 아무것도 하지 않았다. 감나무 밑에서 입만 벌리고 왜 감이 내 입에 딱 맞춰 떨어지지 않느냐고 투덜대는 꼴이었다.

이런 상황에서는, 정말 인간은 나약한 존재라는 사실이 뼈저리게 느껴진다. 많은 경우, 당연히 나를 포함하여, 사람은 좋아한다고 하면서도 행여 알량한 자존심에 흠집이라도 날까 봐 좋아한다고 말도 못 한다. 자신은 언제든지 아무 일도 없었던 듯 돌아설 준비를 해놓고, 상대방은 먼저, 또는 더 많이, 또는 내가 원하는 딱 그 방식으로 나를 좋아해야 한다고 주장한다.

상대방에게도 나와 똑같은, 거절당하기 두려워하는 알량한 자존심이 있다는 것은 모른 체한다. 어찌저찌하여 연애가 시작되어도 전개는 유사하다. 기억을 뒤집어 보니, 나 역시 수도 없이 그랬다. 행여 내가 주는 게 더 많을까, 행여 내가 더 좋아할까, 행여 주도권을 뺏길까 노심초사하곤 했다. 가슴으로 연애를 한 게 아니라, 머릿속으로 이것저것 재기 바빴다.

나도 예전에 비슷한 연애 상담을 했던 것 같다. 다만 지금과 위치가 반대였을 뿐.

"선배, 나 ○○랑 헤어져야 할 것 같아요."

"왜?"

"옛날만큼 ○○가 나한테 충실하지 않은 것 같아요."

아마 그때 선배가 지었던 표정이, 내가 그녀 앞에서 지었던 표정과 유사했으려나. 선배는 이렇게 묻고 싶었을지도 모른다.

"너는?"

결국, 이런 관계는 끝나기 마련이다. 자기 패는 손에 꼭 쥐고 절대로 보여 주지 않으면서 상대방한테만 '네 패를 모두 보여줘! 그렇지 않으면 날 사랑하지 않는 걸로 간주하겠어!!' 라고 외치는 관계에 어찌 파국이 찾아오지 않을까.

문제는 그 다음이다.

헤어지고 나서도 마음은 흔쾌하지 못하다. 손해볼까 봐, 두려워서 한 번도 제대로 그 사랑에 최선을 다하지 못했기 때문이다.

결국 끝난 후에도 커다란 미련이 남는다. 좀 더 잘해 줄걸 후회하고, 그때 그 마음은 여전히 미궁에 빠진 수수께끼이며, 확인하지 못한 상대의 마음에 대해 원망이 쌓인다.

그리하여 최종적으로 도달하는 지점은, 사랑 하나 제대로 해내지 못하는 나 자신에 대한 자책.

쉽지 않다는 것을 알면서도, 내가 친구에게 그 마음에 최선을 다하라고 주문한 것은, 최선을 다하지 못한 연애가 끝나면 정말로 남는 것이 하나도 없다는 것을, 내가 경험적으로 뼈저리게 깨달은 적이 있었기 때문이다.

사랑이 대단한가?

사랑이 대단해질 때는 내가 그것에 최선을 다했을 때다. 그렇게 보면, 세상 대부분의 연애는, 나의 지난 연애들을 포함하여, 대단치 못하게 사라진다.

나를 던지는 순간, 그 관계에 올인하는 순간 진실을 알게 된다. 끝내주게 찬란한 사랑을 목도할 수도 있겠지만, 사랑이 아니었을 수도 있고, 사랑이 이미 끝났을 수도 있다. 역설적으로 그래서 진실로 끝낼 수 있기도 하다. 후회 없이.

최선을 다하지 않은 관계는 헷갈린다. 사랑인지 아닌지, 시작할지 끝낼지 내내 고민하지만, 정작 제대로 사랑한 기억은 없다. 왜냐면, 재느라 간을 보느라 사랑을 시작하지도 못했기 때문이다.

시작하지도 못한 사랑이 어떻게 끝난단 말인가. 그러므로 아무것도 아니다.

사랑 안으로 뛰어들지 않고서는 사랑할 수 없다. 물이 차가울지 따뜻할지, 그 안에 열대어가 살고 있을지 악어가 살고 있을지, 물가에서 빙빙 돌기만 해봤자 알 수 없는 것처럼. 수영을 하고 싶다면, 그냥 물속에 풍덩 뛰어들어야 하는 법이다.

다시
힘을
내기
위해

한 끼니의 위로

그녀가 나에게 준 것은 '밥'이었다.

그냥 밥, 우리가 하루에 세 번 먹는 흔한 밥 말이다.

그녀는 나를 위해 고슬고슬한 흰 쌀밥을 짓고 재워 둔 불고기를 볶고 상추와 오이를 씻고 호박과 양파, 두부를 넣어 보글보글 된장찌개를 끓였다.

대전이 고향인 그녀가 자신과 마찬가지로 서울에서 대학을 다니는 오빠와 함께 자취를 하는 작은 집 안에 따뜻한 음식 냄새가 퍼졌다. 작은 부엌에서 그보다 더 작은 방 안으로 퍼져 들어오는 음식 냄새를 맡았을 때, 나는 알았다.

내가 배가 고팠다는 사실을. 지금 나에게 필요한 것이 그저 '밥'이라는 사실을.

그녀는 타고난 여성스러움이 몸에 밴 친구였다. 소리 높이지 않고 나긋나긋하게 말했다. 부드러운 질감의 프릴이나 레이스가 달린 옷을 즐겨 입었다. 아, 오해하지 마시길. 그렇다고 공주과는 아니었다. 그녀를 상징하는 단어는 아마도 '모성애'일 것이라고 친구들은 농담처럼 말하곤 했다.

그녀는 타고난 모성이지. 암, 그렇고말고.

친구의 생일 때면 맨 앞장에 그녀다운 글귀를 적은 책을 선물해 주었다. 예를 들면 '넌 정말 멋진 친구야' 같은 식의 글귀. 친구들끼리 무언가를 결정할 때면 자기 주장을 내세우기보다는 주로 따르는 쪽이었다. 말없이 듣고 '그래, 그러자'고 말해 주었다.

그러니, 스무 살의 곤두서 있던 우리들은 내심 그녀에게 의지했을지도 모르겠다.

나는 부드럽고 따뜻한 그녀와 다른 족속이었다.

나는 좌충우돌하는 심약한 20대였다.

우리 과 사무실에는 '잡기장'이 하나 비치되어 있었다. 아마 인터넷이 발달한 지금의 대학에는 그런 잡기장 문화가 사라지지 않았을까 싶지만. 우리 과에 대대로 내려오는 잡기장의 명칭은 〈사람의 소리〉였다. 〈사람의 소리〉에는 신변잡기부터 자신의 정치적 견해에 대한 논증까지 다양한 글들이 적혔고, 마치 인터넷의 댓글처럼 하나의 글에 대한 답글들이 꼬리에 꼬리를 물고 달리는 일도 드문 일은 아니었다.

그러나 내가 별 생각 없이 잡기장에 쓴 글 하나가 엄청난 파문을 불러일으킬 줄은 정말 몰랐다. 가볍게 내 생각을 쓴 글이었는데, 그것이 특정한 정치적 견해를 옹호하는 것처럼 읽혀졌고 그에 반대하는 글들이 줄을 이었던 것이다. 당황한 나는 사태를 수습해 보고자 다른 해명 글을 썼는데, 더 큰 오해를 불러왔을 따름이었다.

20대는 지금 와 보면 별것도 아닌 일들이 인생을 바꾸어 놓을 만한 거대한 경험이 되는 시기이다. 나는 억울했고, 움츠러들었다. 타인의 비난, 어쨌건 타인의 관심을 받는 일은 익숙하지 않았다. 모든 사람들이 원망스러웠다. 그런 내가 걱정스러웠는지 일부 친구나 선배들은 나에게 '얘기 좀 하자'며 달려들었다. 하지만 그들이 하는 말들은 이미 다 알고 있는 뻔한 충고들이었다.

너희들이 뭔데 나한테 이러쿵저러쿵 하는 거야?

니들이 날 알아?

내 주위에 견고한 벽이 둘러쳐지고 있다는 것을 나도 느꼈지만, 벽 안의 나는 갈수록 작아져 가고 있었다. 나는 그렇게 점점 더 소심해지고 있었다. 아마도 그랬을 것이다. 청바지에 티셔츠를 입고 다니던 대학시절의 그때 내가. 어느 누구와도 시선을 마주치지 않겠다고 땅만 보며 걸어다니고, 누군가 어깨라도 툭 칠라치면 확 고개를 들어 날이 선 눈빛으로 바라보았을 것을.

그때 그녀는 말해 주었다.

어정쩡한 충고도 아니고, 잘난 척도 아니고, 어설픈 감정 이입도 아닌, 평범하지만 가슴을 울리는 말.

"우리 집에 가서 밥 먹자. 내가 너한테 꼭 밥 한번 해주고 싶었어."

세상에……서른 살도 아니고 마흔 살도 아니고, 결혼도 안 했고 엄마도 아닌 그녀가 어떻게 그런 말을, 그런 생각을 할 수 있었는 지 지금도 놀랍기만 하다.

신림동의 한 골목에 위치했던 그녀의 자취방은 작고 소박했지 만, 깔끔한 느낌이었다. 나는 속으로 그녀가 대단하다 느꼈다. 마 치 우리 엄마를 보는 것처럼. 나랑 똑같이 공부도 하고 술도 마시 고 연애도 하는 그녀가 가꾸는 작은 '살림'의 공간.

"배고플 때니까 준비할 동안 이것부터 마셔."

그녀가 건네준 것은 미숫가루였다. 대전에 계신 그녀의 어머니께 서 딸의 건강을 생각해 보내오신 미숫가루라고 했다. 미숫가루는 달고 시원하고 고소했다. 나는 몸이 풀어져 내리는 것을 느꼈다.

그녀는 부엌에서 뚝딱뚝딱거리더니 금세 밥상을 차려 냈다. 나 에게 밥을 먹일 심산으로 조금 미리 준비를 해놓았을지도 모르겠 다. 그녀가 직접 양념을 해서 재워 놓은 불고기, 그리고 깨끗하게 씻어 물기를 머금은 상추, 길게 나란히 썰어 놓은 오이, 쌈장, 김치

와 김, 멸치 같은 밑반찬들, 뚝배기에 호박과 두부 등이 들어간 된장국. 그리고 따뜻한 쌀밥 한 그릇.

나는 얼어 있던 마음이 스르르 녹는 것을 느꼈다. 세상과 사람들에 대한 적대감도, 고슴도치처럼 곤두서 있던 불안감도…… 그리고 나는 울고 싶어졌다. 목이 메고 눈시울이 뜨거워졌지만, 나는 묵묵히 밥을 먹었다. 그녀도 마주앉아 묵묵히 밥을 먹었다. 엄마가 해준 것 같은 맛있는 밥이었다. 긴장이 풀리자 몸이 노곤해지며 잠이 쏟아졌다. 내 마음을 읽은 듯이 그녀가 말했다.

"먹고 나서 한숨 자고 가."

그래서 그녀의 작은 자취방에서 나는 잠들었다. 꿀같은 단잠이었다. 오랫동안 잠을 자지 못한 사람처럼 나는 잤다.

그녀가 차려 준 밥상이 얼마나 나에게 힘이 되었는지 그녀는 알까? 그 밥이 나에게 준 위로의 크기를.

따뜻한 밥 한 그릇과 두어 시간의 단잠 덕분에 내가 절망감에서 헤어나오기 시작했다는 것을. 사람들에 대한 무조건적인 원망에서 벗어나 그들의 선의를 다시 읽기 시작했다는 것을.

그리고 무엇보다도 나 역시 누군가가 고독하고 답답하고 괴로울 때 따뜻한 밥 한 그릇 차려줄 줄 아는 사람이 될 수 있었다는 것을. 그녀의 밥 덕분에 말이다. 그녀의 밥, 잘난 척하지 않는 위로 덕분에.

그래서 나는 누군가를 위해 밥상을 차리는 일이 좋다. 그 밥이 누군가에게 그 순간 정말 필요한 에너지를 줄 테니까. 밥상을 차릴 수 없을 때는 밥을 사는 것도 차선책이 될 법하다. 가격에 관계없이 마음을 담아 사 주는 밥이면 될 것이다. 사람은 밥 없이는 살 수 없으니까, 사람이 사랑 없이는 살 수 없는 것처럼.

그러니 지금 당신에게, 누군가를 위해 밥상을 차리는 법을 배워 보라고 말하고 싶다. 어느 순간 누군가가 필요로 하는 최상의 위로를 제공해 보라고. 따뜻한 밥 한 상의 위로가 그 사람의 가슴에 오래도록 남아 또 다른 이에게 전달될 수 있도록.

밥 한 공기의 온기가 한 사람의 가슴을 덥히는 것처럼, 작은 배려가 온 세상을 따뜻하게 만들 수 있다는 것을 배웠으면 한다.

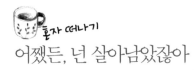
홀자 떠나기

어쨌든, 넌 살아남았잖아

아무 연고도 없이 떠나온 가장 먼 곳은 스페인이었다.

그때 나는 스물아홉이었다. 머지않아 서른이 된다는 사실이 서운했다. 스물아홉과 서른 사이의 거리는 하늘과 땅처럼 멀어 보였다.

그리고 직장 생활 5년차. 일은 끝없이 반복되었다. 못 해내면 안되지만, 잘 해낸다 해도 티가 안 나는 일들의 연속.

같이 일을 했던 꼼꼼한 선배는 내게 불만을 토로했다.

"너는 애가 뭐든지 대충 하려고 하니."

이보세요, 선배님. 당신이 보기엔 어떨지 모르겠지만, 나도 당신 못지않은 세심한 완벽주의자라고요. 그러니 당신이 여태 장가를 못 갔죠.(유치하지만, 이런 인신공격적인 생각.) 그 촌스러운 머리 모양이나 바꾸시죠.(역시 계속되는 유치한 생각.) 그리고 나는 당신과 달라요! 나는 당신이 생각하는 것과 똑같이 생각할 순 없어요. 나에겐 나만의 방식이 있다구요!

물론, 이렇게 생.각.만. 했다.

대놓고 쏘아붙이고 싶은 마음, 간절했지만.

게다가…… 어쩌면 이게 가장 큰 이유였는지도 모르겠다.

그때 나는 애인이 없었다.

나이는 먹어 가는데, 회사에서는 늘 보조적인 자리(뭐, 그럴 때였긴 했었지만), 그리고 사랑을 나눌 애인조차 없는 가련한…… 나.

그래서 나는 긴 휴가를 냈다.

다행히 그동안 드라마를 하면서 쌓인 대휴가 꽤 되었다.

마지막 방송용 테이프를 테이프 관리실에 넘긴 바로 다음 날 아침 쫓기듯 비행기를 탔던 것을 보면, 그때가 혹시 막다른 골목이 아니었을까?

왜 스페인이었냐면…….

'스페인이 좋다더라'고 귀동냥으로 들은 풍월도 있었지만, 그곳이 당시 내가 상상할 수 있는 가장 먼 곳이었기 때문이다. 내가 견딜 수 있을 정도의 한도 내에서 최대한의 거리에 있는 나라. 어쩔 수 없이 혼자 지내야 할 것이므로, 나는 스페인을 택한 것이 아니었을까.

그래서 무모하게도 나는 어느 날 마드리드의 공항에 내렸다. 공항에서 시내까지 전철을 타고 한참을 가야 했다. 당연히 스페인어는 할 줄 몰랐고, 슈트케이스는 뭐가 그리 무거운지…….

그리고 어두웠다.

정말로, 나는 혼자였다.

더 어두워질까 봐 겁이 나서 빨리 걸었다.

걷고 걷고 또 걸었다. 걷는 것 말고는 할 것이 별로 없었다.

하루 종일 걷다가 호텔로 돌아와 거울 앞에 서면, 피곤에 지친 한 동양 여자가 그 안에 있었다. 그건 '나'였다. 각종 수사와 포장을 걷어낸, 진짜 나 말이다.

한국에서 나는 한국 말을 잘 하고, 한국 길도 잘 알고, 한국 돈도 잘 세고, 한국 음식도 잘 먹고, 이름을 대면 남들이 다 아는 대학을 나왔고, 변변한 직장도 있는, 꽤 괜찮은 싱글여성이었다. 그러나 지금까지 내가 나를 설명하는 데 이용했던 그런 것들은 스페인에 서는 아무것도 아니었다.

그렇다면 진짜 나를 설명하는 건 무엇일까? 진짜 나를 설명하는 건, 그런 외면적인 것들이 아니다. 차 떼고 포 떼고 그러고 나서도 나에게 남아 있는 것은 무엇일까?

스페인 속의 나는 스페인어도 못하고, 길도 모르고, 유로화 세는 걸 헷갈려하고, 스페인 음식이 입맛에 잘 안 맞으며, 길 가는 사람 아무도 모를 대학을 나왔고, 아무도 모를 직장을 다니는, 초라한 한 명의 여행객에 불과했다.

그런데 역설적으로 나는 그곳의 내가 가장 본질적인 나에 가깝다고 느꼈다. 나는 초라한 익명의 존재였지만, 숨 쉬고 밥 먹고 걷고 잠을 자면서 그 순간에 존재하고 있었으니까.

혼자만의 여행 중에 내가 가진 것은, 좀 거창하게 표현하자면 강한 '현존現存'의 감정이었다.

어쨌든 나는 혼자여도 괜찮으며, 인생에서는 누구나 혼자일 수밖에 없는 순간이 존재한다는 사실을 배운 것이다. 고독이, 많은 경우 '자유'의 다른 이름이라는 사실도.

그러니, 진정한 나를 대면하고 싶다면 과감하게 떠나라고 말하고 싶다. 가능하면 먼 곳이 더 좋을 테지만, 익숙한 이곳을 벗어나는 것만으로도 일단은 충분할 것이다. 다만, 꼭 혼자여야 한다. 혼자 떠나는 여행은 생존의 경험이기 때문이다.

그동안 자신이 집착해 왔던 학력, 외모, 집안, 배경 같은 포장을 걷어낸 오롯한 나로서 생존에 필요한 모든 것들 — 먹고 자고 움직이고 쉬는 — 을 혼자서 해결해 나가면서, 결국은 잘 살아가게 마련이라는 것을 깨닫게 될 것이다.

혼자서 눈을 뜨고 걷고 밥 먹을 곳을 찾고 잠잘 곳에 들고 짐을 싸고 풀면서, 조금씩 사는 것에 자신이 붙어 가는 자신을 발견할 수 있을 것이다. 때론 짐승처럼 서로를 물어뜯는 정글 같은 사회에서 보다 잘 생존할 수 있을 것 같은 자신감이 생길 것이다.

당연하게도 기왕 혼자 떠날 것이라면 20대에 떠나라고 권하고 싶다. 좋은 경험은 빨리 할수록 좋으니까, 또한 20대에 체력이 더 좋으니까!

기차 안에서 대만에서 왔다는 한 여자를 만났다. 대학원에 다니고 있다는 지적으로 보이는 여자였다. 서툰 영어로 이야기를 나누었다. 내가 이런저런 것이 힘들다고 했더니 — 사실, 많은 고민이 이야기로 끄집어내지면 순식간에 하찮아지고 만다. 게다가 표현 수단이 서툰 영어라면 더욱. — 그녀가 고개를 끄덕이며 하는 말.

"Anyway, you are survived.(어쨌든, 넌 살아남았잖아.)"

그 순간 내가 느낀 놀라운 안도감이라니…….

그렇다. 어쨌든, 나는 살아남지 않았는가.

짧은 순간, 낯선 이가 건네준 위로. 그러나 멋진 위로였다.

'너는 지금까지 살아남았고, 앞으로도 살아남을 것이다.'

아주 희망적이고, 미래지향적인 위로.

마지막으로 혼자 떠나기의 좋은 점 하나 더.

'돌아옴'과 '함께'의 행복을 두 배로 누릴 수 있다는 점, 그러고 나서 또 혼자 떠날 수 있다는 점.

나만의 공간으로 작은 여행 떠나기

카페 예찬

오래간만에 누군가와 전화를 했다. 사무실을 옮겼다고 놀러오란
다. 1년 남짓 지냈던 홍대 근처의 사무실을 접고 여의도로 옮겨 왔
다고 했다.

이사 소식을 전혀 듣지 못한 터였다.

"아니, 이사한 지 얼마나 됐다고 벌써 또 이사를 해요?"

그냥 그렇게 됐단다. 갑자기 그렇게 됐다고.

마침, 한가한 오후였다. 그럼 목소리 들은 김에 얼굴이나 볼까
싶어 그의 새 사무실로 향했다.

문을 열고 들어선 그의 사무실은, 환했다.

뭔가 기분 좋은, 따뜻한 기운이 맞아 주는 것 같은 공간이었다.
여기, 기분 좋아지는 곳이라고 그랬더니, 사실은 이전 사무실이 자
기랑 기운이 안 맞는 것 같아서 이사를 했단다. 이상하게 거기서는

자꾸 기운이 가라앉아서, 우울증까지 왔다고 했다. 결국 1년 남짓의 시간을 급하게 접고 여의도로 왔는데, 잘 온 것 같다고.

동감했다. 기본적으로 세상에는, 나와 맞는 것과 나와 맞지 않는 것이 있으니.

보면 기분 좋아지는 사람(늘 에너지가 넘치는 나의 요가 선생님처럼)이 있고, 그 사람과만 만나면 자꾸 불쾌한 일이 생기는 사람(가령, 나와 전혀 다른 언어를 구사하는 회사 선배)이 있다. 그 사람의 인간성과는 다소 별개로 나와 맞는 사람이 있고, 나와 맞지 않는 사람이 있는 것이다. 물건도 마찬가지다. 지니고 있으면 뭔가 좋은 일을 가져다줄 것 같은 물건(예를 들면, 늘 차고 다니는 B사의 손목시계)이 있고, 어떤 찝찝한 기분을 불러일으키는 물건(그래서 잘 쓰지 않는 커다란 가방)도 있다.

공간도 그렇다. 내가 머무는 곳이니, 왜 중요하지 않겠는가. 기쁨을 주는 공간도 있고, 편안한 휴식을 주는 공간도 있고, 지인의 이전 사무실처럼 자꾸 우울한 기분을 불러일으키는 공간도 있다. 그래서 '좋은 공간'들을 찾아내고 이용하고 기억해 두는 것은, 생각보다 훨씬 유용한 일이다.

어떤 장소가 우울증을 가져다줄 수 있는 것처럼, 또 다른 어떤 장소는 기분전환을, 행복감을, 창작의 에너지를 주고, 때론 잠시 잃어버렸던 삶을 향한 의욕을 회복시켜 주기도 한다. 과장 같다 느낄 수도 있겠지만, 사실이다. 정말로, 그러하다.

그리하여, 종종 나는 카페 순례를 떠난다.

사무실 책상머리에 반드시 붙어 앉아 있을 필요는 없는 직업적 특수성(?) 덕을 좀 보았지만, 그래도 범위는 여의도를 벗어나지 못한다. 집중하고, 이완하고, 창조할 수 있는, 방해받지 않을 공간을 찾아서, 참 많은 카페를 다녔다.

사무실의 내 책상이 그다지 문제가 있는 장소인 것은 아니다. 그러나 직장 동료들과 회의를 하고 잡담을 나눌 수는 있어도, 함께 생각에 잠기거나 일명 '멍 때리기'라 불리는 쉼을 나눌 수는 없는 법이다.

간혹 '나는 집중하고 싶어요'라는 의미로 읽히기 바라며 곰보빵만 한 헤드폰을 머리에 뒤집어쓰고 있기도 하지만, 그런 페인트 모션도 소속 연예인의 프로필을 내미는 매니저들, '야, 뭐하냐?' 하며 노트북 화면으로 얼굴을 들이미는 선배들로부터 '나만의 공간'을 지키지는 못했다.

그래서 결국에는, 가끔, 머리가 지끈지끈 아파질 때, 늘상 보는 풍경이 생각들을 제약할 때, 나는 주섬주섬 읽던 대본이나 책, 노트들을 챙겨들고 어떤 공간을 찾아서 나갔던 것이다.

알랭 드 보통은, 그의 산문집 『여행의 기술』에서 이렇게 말한다.

……여행은 생각의 산파다. 움직이는 비행기나 배나 기차보

다 내적인 대화를 쉽게 이끌어내는 장소는 찾기 힘들다. 우리의 눈앞에 보이는 것과 우리 머릿속에서 떠오르는 생각 사이에는 기묘하다고 말할 수 있는 상관관계가 있다. 때때로 큰 생각은 큰 광경을 요구하고 새로운 생각은 새로운 장소를 요구한다. 다른 경우라면 멈칫거리기 일쑤인 내적인 사유도 흘러가는 풍경의 도움을 얻으면 술술 진행되어 나간다……

어쩌면 나의 카페 순례는, 일상 속에서 내가 큰 부담 없이 취할 수 있는 작은 여행이 아닐까? 일상이란 소중하지만, 또한 반복되는 일상 속에서 깨어 있기란 쉽지 않으니까 말이다.

사랑스러운 카페를 찾는 일, 때때로 그곳에 홀로 머무르는 일은, 일상 속에서 간직해야 할 것을 잊지 않고, 익숙한 것에 안주하지 않고 새롭게 사유하고, 온전한 나만의 시공간을 취함으로써 내면으로 여행을 떠날 수 있는 기회였던 것이다.

카페는 아늑하지만 집은 아닌 공항이나 기차역, 여행지의 숙소처럼 비일상적인 공간이며, 안락한 의자가 있어 오래 머물 수 있고, 먹을 것과 마실 것, 특히 맛난 커피가 구비되어 있으며, 요즘에는 와이파이까지 터지는, 그야말로 최적의 공간이다.

갈수록 카페에 혼자 머무는 사람들이 많아지는 것을 보면, 자기만의 공간, 일상 속 작은 여행의 필요성을 다들 느끼는 것 같다.

감사하게도, 대한민국에는 수많은 카페가 있다. 여의도 곳곳에도, 각기 다른 모양새의, 각기 다른 커피 맛을 가진 카페들이 있었다.

선택의 기준은 그때그때 달랐다.

그저 조용하고 방해받지 않는 시간이 필요할 때는, 최대한 '방송계 사람들'이 찾지 않는 의외의 장소를 골랐고, 글을 쓰기 위해서는 노트북을 장시간 사용할 수 있는 시설이 필수적이었으며, 기분전환이 필요할 때는 커피 맛이 최고의 기준이었다.

그렇게 나는 사랑하는 카페를 몇 군데 찾았다.

그곳에서 나는 책을 읽었고, 드라마 대본을 읽었고, 글을 썼고, 촬영 콘티를 짰고, 팟캐스트를 들었으며, 많은 생각을 했고 동시에 생각으로부터 놓여났다. 그리움에 잠기기도 했고, 외로움을 견디기도 했고, 꽉 막혀 있던 문제의 실마리를 찾아내기도 했다. 커피를 마셨고, 오랫동안 연락하지 못했던 친구와 길게 통화를 한 적도 있다.

비가 오던 어느 날, 2층 카페의 창밖으로 내다보이던 풍경을 기억한다. 어둑했고, 우산을 쓴 사람들이 간간이 지나다녔다. 아마 여의도에 직장을 두었을, 넥타이를 맨 중년의 남자, 조금 뒤 유니폼을 입은 젊은 여자 둘…… 그들이 행복하지 않아 보였던 것은, 그때 내가 행복하지 않았기 때문이었을 것이다.

그날의 비는, 퍼붓지는 않았지만 몹시 차갑고, 날카로웠다. 나는 핸드드립으로 내린 그곳의 커피를 마시면서, 오랫동안 창밖을 내

다보면서, 그때 나를 몹시도 괴롭게 했던 한 남자를 생각했다. 증오도 미련도 없이, 그냥 생각했다. 빈 커피잔을 앞에 두고 일어날 때 내 머릿속에는 내 인생에 그 남자를 받아들일 수 없다는 결론이 선명하게 나 있었다. 몸을 일으킬 때 드르륵 나무 의자가 무겁게 끌렸지만, 아무튼 나는 더 가벼웠다. 카페에서의 작은 여행 덕분에, 내 판단은 명료했으니까.

카페에서 보낸 잠깐의 작은 여행으로부터 돌아오면, 늘 그렇게, 일상은 조금 달랐다. 조금 더 힘이 나거나, 조금 더 차분해지거나, 조금 더 여유롭거나, 아무튼 그렇게 조금 더 달라진 모습으로 다시 시작할 수 있었다. 나는 카페에서 충전되고 있었던 것이다. 다행히도 방전되지 않고, 배터리 만땅이 되어 돌아올 수 있었던 것이다.

내일은, 누구에게도 말하지 말고, 자기만의 카페를 찾아 나서길. 일상에 매몰되지 않고, 몸과 마음을 충전하고, 때로 놀라운 아이디어나 용감한 문제 해결을 선물해 주는 작은 여행을 떠날 수 있게.
문득, 햇살이 환한 골목의 한 모퉁이에, 그윽한 커피향이 풍기는 당신만의 사랑스러운 카페가 떠오르기를.

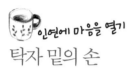인연에 마음을 열기

탁자 밑의 손

손을 잡는다는 것은 기분 좋은 일이다.

친밀함, 따뜻함, 두근거림, 위로, 공감……. 머리보다도 가슴보다도 먼저, 손이 기억하는 느낌이 있다. 직접적으로, 살갗으로 기억하는 느낌. 그 느낌은 무엇보다 강렬하게 몸에 각인된다.

얼굴보다도 가치관보다도 손이 기억하는 '그 사람'.

그날은, 우연이었다, 모든 것이.

어떤 술자리에 합석을 하게 되었다. 어떤 술자리였는지, 기억도 안 난다. 다만, 평소에 내가 즐겨 함께 하던 사람들의 모임은 아니었다. 낯선 이들과의 술자리를 그닥 즐기지 않는 내가 왜 그날따라 어울려야겠다고 생각을 했는지도 전혀 모르겠다.

술자리는 2차로 이어져, 사람들은 근처의 포장마차로 자리를 옮겼다. 인원수가 약간 줄어서, 파란 플라스틱 탁자 세 개를 나란히 붙이고 옹기종기 모여 앉았다. 찰랑찰랑한 맑은 소주잔을 주거니 받거니 대화가 무르익어 가던 중에, 누군가 탁자 아래로 내 손을 더듬어 잡았다.

내 옆에 앉아 있던 그 사람은, 얼굴 정도 알고 인사나 하고 지내던 사이에 불과했다. 왜 그가 갑자기 내 손을 잡았는지, 나는 알지 못했다. 그러나 그의 손은 힘 있고 따뜻했으며, 매우 편안했다.

그래서였을 것이다, 나도 모르게, 그의 손을 마주 잡은 것은.

그 과정은, 기묘했지만, 또한 매우 자연스러운 것이었다.

손을 잡는 행위만으로도, 말 한 마디 없이도, 어떤 종류의 긴밀한 소통을 이루어 낼 수 있다는 것을 그 순간, 나는 깨달았다.

놀라웠다. 처음 겪는 일이었다.

그 뒤로, 그 사람과 '사적인' 만남을 가진 것은 두어 번에 불과했다. 그와의 만남 역시 손을 잡듯이 자연스럽게 이루어졌고, 마치 10년은 알아 온 사람들처럼 깊은 이야기들이 꺼내어졌고, 아주 오랫동안 아무와도 말하지 못한 사람들처럼 끊임없이 대화가 이어졌다. 충만한 시간이었다.

만남은, 그리고 끝이었다. 끝 또한 자연스러웠다. 두어 번의 만남으로 충분했다. 교감했고, 위로받았고, 더 이상의 만남에 대한 미련은 없었다. 미련이 전혀 없었다는 것이 신기했다. 그냥, 이제 됐어,

충분해, 이런 마음이었다. 그 사람과 나의 인연은 딱 그만큼이었고, 우리는 서로의 삶에서 딱 그만큼의 몫을 다 해주었고, 그러니 더 이상 아쉬울 것이 없다는 생각이 자연스럽게 들었던 것이다.

군이 말로 하는 약속 같은 것이 필요 없었다는 것도 신기했던 점이다. '우리 오늘까지만 보자' 이런 말, 하지 않았다. '다음 달 중순께쯤 볼까?' 이런 말도 필요 없었다. 나는 그 사람과의 만남은 이 정도까지라는 것을 직감적으로 느꼈고, 그 사람 역시 나와 똑같이 느끼고 있다는 사실을 분명하게 알 수 있었다.

그것이 '인연'임을, 배웠다.

인연이란 그런 것이다. 자연스럽게 만나고 헤어지는 것, 인연이 닿는 순간에 최선을 다하는 것, 인연에 마음을 열어 두는 것.

그러니…… 느낌이 오면 탁자 아래 그의 손을 잡을 것. 그 손의 따뜻함을 거절하지 말 것.

살다 보면, 많은 사람과 마주친다. 내 삶 속에서 만나는 사람들은, 그 몫이 크든 작든, 인연이라 부를 수 있을 것이다.

그리고 그 인연에 대해 우리가 할 수 있는 것은, 어쩌면, 그저 받아들이는 것이 다일 터이다. 사람 사이의 관계라는 것은 억지로 되는 것이 아니다. 가장 중요한 것은 자연스러움이다.

인연은, 흐르는 대로 간다.

인연, 사람 사이의 관계라는 것이, 탁자 아래로 잘 알지도 못하는 그의 손이 다가오는 것처럼 올 수 있다는 사실을, 이제 나는 안다.

그때 그 사람이, 설령 그 자신은 의식하지 못했을지라도, 진정 어린 대화와 공감이 필요한 순간에 놓여 있었다는 것을. 혹은, 내가, 마찬가지로 나 자신도 의식하지 못했을지라도, 누군가와 마음을 나누고 싶은 절박한 시간 위에 있었다는 것을.

그 느낌이 우리가 서로 손잡게 했을 것이라고. 그리고 돌이켜보면, 그 손잡음이 그 순간을 살아 내던 우리 둘 모두에게 정말 필요했음을.

마찬가지로, 인연은, 인연이 다하면 자연스레 끝난다는 것도, 알게 되었다. 억지로 붙잡아도 이미 다한 인연은 결국 떠난다. 그 사람은 내 곁에 머무르지 않았다. 두어 번의 만남으로 우리 사이는 끝났다. 그러나 그 만남의 끝을 받아들이는 것이 고통스럽지 않았다.

헤어짐에 대해 상대방을, 나 자신을 탓할 일도 없다. 자연스러움을 인간 사이를 대하는 제1의 원칙으로 삼는다면, 누군가 떠난 자리에 고마운 기억만 남을 수도 있다는 것을 알게 될 것이다.

파란 플라스틱 탁자 아래 내 손을 쥐던 그 손의 느낌은, 늘 지금처럼 선명하다. 그 손 덕분에, 내가 인간관계에 있어 조금이나마 더 여유로워질 수 있었던 게 아닐까 생각한다.

주위에 아무도 없다고 느껴질 때, 뼛속까지 외로울 때, 나를 도

닦여 줄 누군가가 필요한 순간에, 자연스럽게 손을 내밀어 주는 사람이 분명히 온다는 것을 알게 되었기 때문이다. 그 자연스러운 흐름을, 내가 억지로 거절하지만 않는다면, 그 손의 든든함으로, 나의 인생은 그럭저럭 견딜 만하게 흘러갈 수 있을 거라고.

마찬가지로, 그 강렬한 느낌을 주었던 그 사람이 내 곁에 머물렀던 시간이 아주 짧았음을 기억해 보면, 할 몫을 다한 인연을 애써 붙잡는 것도 유한한 인간이 할 수 없는 일이다. 한때 죽네 사네 목을 맸던 애인도, 떠날 때가 되면 정말 남이 되어 떠나가지 않는가?

그러므로 인연이 여기까지라고 느껴지는 순간이 온다면, 그저 받아들여야 할 것이다. 대신, 그때 잡았던 손이 따뜻했다는 사실을 기억하자. 그 순간의 고마움, 설렘, 위로, 충만함까지도……. 그 순간이 내 인생에서 꼭 필요했다는 사실을 기억해야 한다.

또한 내가 손을 내밀어야 하는 순간도 있다. 직감이 온다면, 그냥 손을 내밀어 그 사람의 손을 잡을 것이다. 힘주어, 꼭 쥐어줄 것이다. 머릿속으로 '내가 손을 잡아도 되나? 지금 이 타이밍이 적당한가? 내일 우리 사이가 무엇이어야 하는가?' 따지지 않을 것이다.

자연스러울 수만 있다면, 모든 것이 옳다.

그 사람의 손이, 그렇게 가르쳐 주었다.

가끔 그 사람은, 그날의 '손의 기억'을 어떻게 간직하고 있을지 궁금해진다. 나와 비슷한 마음이었으면 하다가도, '뭐, 아무려면 어때?' 싶기도 하다.

　　그 사람의 마음은 그 사람 거니까, 인연은 나누어갖는 것이어서,
그 사람은 딱 자기만큼의 몫을 기억하고 있을 테니까.

나만의 노래 갖기

하우 두 유 두

몇 년 전이었는지, 정확히 기억도 안 난다. 다만, 겨울로 넘어가는 문턱쯤, 밤이 되면 매섭게 바람이 불어서 '어? 더 두꺼운 옷을 입었어야 했나?' 후회하게 만드는, 그 정도 계절이었다.

오래간만에 선배가 전화를 걸어 왔다.

"오랜만에 얼굴이나 볼까?"

우리는 명동에서 만났다. 만나 걷다가 지하에 있는 작은 바에 들어갔다. 맥주를 주문했다. 선배는 요즘 만나는 여자친구가 자기를 진짜 좋아하는 건지 잘 모르겠다는 이야기를 했고, 나는 드라마 조연출을 하면서 자신의 재능과 미래에 대해 끊임없이 회의해야 하는 게 괴롭다는 이야기를 했다.

조명은 어두웠고, 담배 연기로 가득 찬 바 안에서 맥주를 마시면서, 오래간만에 허심탄회하게, 편안하게 나누는 대화였다. 회사 욕도, 상사 욕도, 애인에 대한 의심도, 미래에 대한 자신 없음도 털어놓아도 되는 자리였다. 행여 내 속을 내보일까, 내 약함이 드러날까 긴장하지 않아도 돼서, 좋았고 즐거웠다.

그때 노래 하나가 흘러나왔다. 일어나 리듬을 타도 될 것 같은 노래였다. 선배나 나나 그 노래를 몰랐다. 종업원에게 물었다. 방금 나왔던 노래 제목이 뭐냐고. 그녀는 물어보고 오겠다 하더니, 잠시 후 돌아와 작은 메모를 건네주었다. 록시트의 〈how do you do〉였다.

유명한 노래였지만, 나와 선배의 음악적 취향은 거기까지 미치지 못했다. 나로 말할 것 같으면, 노래방 전주가 흘러나오는 순간 머릿속이 하얘질 정도로 노래와 안 친한 사람이고, 선배도 뭐, 그런 면에서 나와 크게 차이는 없는 사람이었으니까.

다만, 그 노래가 흘러나왔을 때, 기분이 무척 좋았던 것은 분명하다. 시원한 맥주와 싸구려 과자가 담긴 작은 그릇, 나무 탁자와 등받이가 없던 의자, 뿌연 공기 속에서 삼삼오오 대화를 나누던 사람들, 오랫동안 알고 지내는 좋은 사람이 앞에 있고, 나는 안전했으며 편안했고, 그래서 안도했다.

다른 많은 이들에게 〈how do you do〉는 다르게 들릴지도 모른다. 그러나 나에게 그 노래는 어떤 노래보다 안정감을 준다. 조용하고 느린 곡도 아닌데, 마음이 차분히 가라앉는다. 지금도 답답할 때면 이 노래를 듣는다. 그러면, 오래된 선배와 이야기를 나누듯,

현재 내 앞의 문제와 조곤조곤 마주할 수 있다.

다른 노래도 있다. 더 오래전의 기억이다.

한 선배가 군대에 간다는 이야기를 들었다. 대학 4학년에 가는 군대였으니, 다른 사람보다는 다소 늦은 입대였다. 모두들 가는 군대니까 그도 이제 가는구나, 대수롭지 않게 생각했다.

조용하고 무던한 성격의 그는 나의 까칠함을 '재미있다'라고 말해 주었고, 그래서일까? 우리는 꽤 오랜 시간을 함께 재미있게 보낼 수 있었다. 밤에 전화를 해서 수다를 떨 때, 엄마가 '남자친구냐?' 하며 오해하기도 했던 그였지만, 그도 나도 각기 애인이 있다며 당당하게 '아니'라고 말할 수 있었던 상대. 때론 애인보다, 가족보다, 더 좋은 그런 관계였다.

그의 입대일이 며칠 남았을 때, 갑자기 전화가 걸려왔다. 늦은 시간이지만 줄 게 있다고 잠깐만 볼 수 있겠냐고. 그때 선배가 건네준 것은 왕가위의 영화 〈해피투게더〉의 OST CD였다.

군대 가기 전 가지고 있던 물건들을 지인들에게 나누어 주고 있는 중이라고, 그런데 왠지 이 CD는 너를 주어야 할 것 같았다고.

집에 돌아와 CD를 열어 보았다. 장국영과 양조위의 영화 속 장면을 담은 엽서가 담겨 있었다. 혹시 '잘 지내'라는 인사말 정도는 있지 않을까 싶었지만, CD의 어디에도 메시지는 없었다.

혹시 그 선배를 좋아했을까? 조금 섭섭한 기분이었다. 그래도,

머뭇머뭇 전해지던 CD는 따뜻했다. 그동안 너와의 시간, 고마웠어, 라고 말하는 듯한.

터틀스의 〈Happy Together〉를 들을 때마다 어둠 속으로 사라지던 선배의 뒷모습이 떠오른다. 군대 가기 전, 작은 자취방 안에서 가지고 있는 물건들을 각각 누구에게 줄까, 생각하고 있었을 스물네 살의 어린 남자…… 그가 CD를 건네주던 그 순간의, 서툴렀지만 따뜻한 느낌이 생각나 버리고 만다.

그런 느낌이 그리워지면 〈Happy Together〉가 듣고 싶어지고, 반대로 어디선가 흘러나오는 그 노래를 들으면 순식간에 아련해진다. 오직 나만이 가지고 있는 기억과 노래의 절묘한 화학작용이다.

그러니, 내 마음 안에 '나만의 노래' 폴더를 만들어 보는 것은 어떨까? 그 안에 축복과도 같은 나만의 노래들을 차곡차곡 저장해 두는 것이다. 아무도 알 수 없는 그 노래와 나만의 화학작용이, 놀라운 기쁨과 위로가 되는 순간이 분명히 있을 테니.

기형도의 시구처럼 '누구나 겨울을 위해 한 벌의 외투는 가지고 있는 것'이 아니겠는가. 내 마음속에 갑자기 찬바람이 불 때, 옷장 속 깊숙이 넣어 둔 외투를 꺼내 입듯이, 따뜻한 기억이 엮인 노래를 찾아 들으며 추위를 이길 수 있을 것이다. 내 속에 불어오는 바람의 강도나 방향에 따라, 각기 다른 '나만의 노래'를 들을 수 있을 것이다.

웃음이 날 수도 있고, 메말랐던 가슴이 조금은 촉촉해질 수도 있다. 그 노래와 함께 했던 누군가의 위로를 듣는 듯, 힘이 날 수도 있다.

그 노래들의 목록이, 예고 없이 찾아오는, 찬바람을 막아 주는 나만의 외투가 되어 줄 것이다. 요긴할 때 쓰려고 만들어 둔 인생의 예금처럼, 든든한.

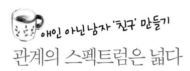
애인 아닌 남자 '친구' 만들기

관계의 스펙트럼은 넓다

"영준아, 나는 네가 참 좋아."

이것도 일종의 고백 아니었을까?

나는 정말 네가 좋았거든. 가끔 만나 영화도 보고, 커피도 마시고, 거리를 걷기도 하고, 내 맘 속 이런저런 이야기를 털어놓기도 하고…… 너와 함께 보냈던 시간들이 너무나 소중했지. 이런 시간, 오랫동안 가질 수 있으면 좋겠다 소망할 만큼.

그날도 주체할 수 없을 정도의 편안함 덕분에 그런 고백 같은 말을 내가 툭, 내뱉은 게 아니었겠어? 그 순간 너는 잠시 침묵했었지. 그리고 나에게 되물었어.

"어떻게?"

무슨 뜻인지 몰라 눈만 껌벅이던 나에게 너는 다시 물었어.

"어떻게 좋다는 거야? 어떻게?"

좋으면 좋은 거지, 어떻게 좋다는 건 뭘까. 나는 어찌 대답해야 할지 잘 모르겠어서 망설이다 대답했어.

"그냥…… 그냥 좋은 건데?"

너는 잠시 한심하다는 듯 나를 보았지.

"그러니까, 넌 친구로 지내자는 거잖아."

마침내 너는 그렇게 말했었지. 동그란 얼굴에 순한 눈을 하고 자주 웃던 네가, 너답지 않은 단호함을 담아. 약간 화가 난 것처럼 느껴지기도 했지.

나는 당황했어. '우리가 친구일 수 없다면, 무엇이어야 해?'라고 묻고 싶었지만 그러지 못했지.

너는 다시 단호하게 말했어.

"나는 남자와 여자는 친구가 될 수 없다고 생각해."

그렇게 말하는 네 얼굴은 묘하게 쓸쓸해 보였지.

봄이었고, 밤이었어. 춥진 않았지. 기분 좋은 날씨였는데.

우리가 걸음을 멈춘 곳이 가로등 옆이었기 때문에 네 표정을 읽을 수 있었던 거야.

너는 내가 양자택일을 하길 원했어. 애인 혹은 아무것도 아닌 사이. 오직 둘 중 하나만.

그 선택은 나에게 불가능한 것이었어. 너와 아무것도 아닌 사이가 돼도 아무렇지도 않기에는 나는 네가 정말 좋았고, 애인이 되기에는 너에 대한 감정은 좀 다른 것이었거든.

너는 내 마음을 이야기하고 싶은 사람이었고, 네 견해가 궁금한 사람이었고, 언제 보아도 편안한 사람이었고, 오래오래 삶에서 함께 하고 싶은 사람이었고, 너에게 중요한 일이라면 내가 언제든지 돕고 싶은 사람이었어. 예를 들어, 네가 사랑에 빠지면 나는 아낌없이 그 사랑을 지원하고 조언하고 싶었지.

그러니까, 나는 너에게 우정을 원했던 거야.

나는 지금 그렇게 너를 잃어버린 걸 후회해.

단지 네가 남자고 내가 여자였다는 이유만으로,

우리 사이의 감정이 남자와 여자 사이에 가능한 수많은 감정의 스펙트럼 사이 어디쯤 위치하고 있었다는 이유만으로,

너처럼 좋은 사람을 내 인생에서 떠나보낸 것은 정말 바보같은 일이었다는 생각이 들거든.

가끔 네가 많이 그리웠어. 좋은 영화, 좋은 책, 좋은 경험…… 친구와 함께 나누고픈 그런 좋은 것들이 그리울 때.

가끔 네 의견이 궁금할 때도 많았지. 특히 '이럴 때 남자들은 어떻게 생각해?' 하며. 그러면 너는 나와는 다른, 그러나 새롭고도 존중할 만한 시선을 나에게 보여줄 게 분명했으니까. 너와의 의견 교환은 나를 더 성숙하고 개방적인 사람으로 만들 수 있었을 거야.

네가 있었으면 마음이 늘 든든했겠지. '남자'인 친구는 오직 그들만이 할 수 있는 영역이 있는 거잖아. '여자'인 친구들이 할 수 없는, 남자인 애인이 할 수 없는, 오직 '남자'인 친구만이 해줄 수 있는 위로.

그러니까, 그때 나는 어떻게 해서든 너를 붙잡았어야 했던 거야. 남자와 여자가 친구가 되면 왜 안 되는 거냐고 논리적으로 따지거나, 나만이라도 예외로 남겨 달라고 간절히 부탁하거나, 내가 너에게 먼저 좋은 친구로 남겠다고 다짐이라도 했었어야 했겠지.

영준아.

세상에 불가능한 관계란 없어. 불가능한 감정도 없지.

어쩌면 말이야, 남자랑 여자가 친구가 될 수 없게 만드는 것은 바로 우리의 '생각' 아닐까?

남자와 여자는 친구가 될 수 없다고 믿는 생각 말이야. 그 생각이 넘을 수 없는 높은 벽이 되어 우리를 가로막았던 거라고.

잘 지내고 있니?

나는 지금도 가끔 네 생각을 해.

"그러니까, 넌 친구로 지내자는 거잖아"라고 말하던 네 목소리. 가로등 불빛에 보이던 네 표정. 네 말에 실린 단호함에 덜컥 겁이 나 버리던 내 기분. 지금 이 순간이 어쩌면 너와 보내는 마지막 시간이 될지도 모른다는 예감에 겁이 나면서도 '도대체 친구가 왜 안 된다는 거야?' 조그맣게 항의라도 하고 싶어지던 그 기분.

넌 쓸쓸해 보였지만 난 서럽고 억울했었어. '내가 뭘 잘못했다고 이 좋은 사람을 잃어야 하지?' 이렇게 항변하고 싶은 기분.

만약에, 만약에, 우리가 다시 만난다면, 우리는 좋은 친구가 될 수 있을 것 같아. 나이가 들면서 인생에서 좋은 사람을 만나는 일이 쉬운 게 아니라는 걸 알게 되었으니까.

너도 그러지 않았을까? 너도 가끔은 나를 생각하면서, 관계의 양자택일 대신에 좀 더 열린 사이를 만들어 갈걸, 후회하지 않았을까?

알아. 너무 오래전이어서, 연락처도 사라져 버린 너와 다시 만나 친구가 될 확률은 거의 제로에 가깝겠지.

그래도 영준아.

만약에 널 다시 만난다면 나는 용기를 내어 우정의 프러포즈를 해볼까 해. 네가 좋으니 친구가 되자고. 너같은 남자 '친구'가 있으면 참 좋겠다고.

네가 여전히 순한 웃는 얼굴로 '그래, 그러자'라고 말해 주길 바라면서.

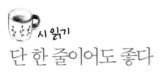 시 읽기
단 한 줄이어도 좋다

갑자기 이런 문장이 머릿속을 스쳤다.

'나, 시를 읽은 지 오래되었어.'

놀랐다. 시를 읽은 지 오래되었다고? 한때 시는, 내 인생을 구원할 수 있는 마지막 동아줄처럼 느껴질 정도로 절대적이었는데 말이다. 대단한 문학청년이었던 것도 아니고, 제대로 된 시 한 편 끄적거리지도 못했지만, 그래도 시는, 의지가 되었고, 위로가 되었고, 세상과 인간을 바라보는 '눈'을 나에게 주었다.

요즘에 글을 쓰면서 내 옛날을 찬찬히 돌아보는 일이 잦다. 그리고 '시' 없이는 나의 20대를 말할 수 없다는 것을 알았다.

지금의 청년들은 시를 읽을까? 아마도 그럴 것이다. 여전히 시는 존재하므로, 여전히 서점 한쪽에 시집들이 꽂혀 있으므로.

그럼, 예전보다 시를 많이 읽을까? 그것까지는 잘 모르겠지만 아마 아닐 것 같다. 스마트폰의 영향으로 책을 읽는 일 자체가 많이 줄어든 듯도 하거니와, '시'라니…… 경제적으로 팍팍하고 엄청난 속도로 돌아가는 지금의 상황에 잘 안 맞아 보이지 않는가.

한때는 서정윤의 〈홀로서기〉나, 〈넌 가끔가다 내 생각을 하지, 난 가끔가다 딴 생각을 해〉 또는 〈손끝으로 원을 그려봐, 네가 그릴 수 있는 한 크게, 그걸 뺀 만큼 널 사랑해〉 같은 제목을 단 원태연의 시집들이 엄청나게 팔렸던 때도 있었지만, 그건 이미 호랑이 담배 피던 시절의 이야기가 된 듯하다.

그래도, 그래서, 아쉽다. 시가 나에게 주었던 것들을 떠올리면, 특히나 20대에 읽은 시들은 더 예민하게 간직되기에.

시는, 화석화된 정답을 말하지 않고 세상을 자기만의 눈으로 보는 방법을 이야기해 주며, 논리적으로 가르치려 들지 않고 조심스레 감성에 와 닿기 때문에.

그래서 세상을 보는 나만의 시선이 절실했던 시절에, 내 사랑을 읽어 낼 나만의 감성이 필요했던 그때, 정말 시가 필요했던 것이다.

시작은 단순했다. 대학 1학년, '지적이어서 참 멋지다'고 속으로 흠모해 왔던 선배와 어느 날 학교 앞 서점에서 마주쳤다.

"무슨 책 사려구?"

그날 나는 수업교재를 사려고 왔던가, 아님 그냥 소설책 쪽을 한 번 뒤적거리려고 왔던가. 암튼 선배의 물음에 제대로 대답을 못했던 것은 확실하다. 멋진 선배가 멋진 목소리로 말을 걸어 심장이 쿵쾅거렸던가? 그 순간은, 선배가 자신이 참 좋아하는 책이라며 시집 한 권을 뽑아 주고 홀연히 사라지는 것으로 마무리되었다.

그 시집은 기형도의 『입 속의 검은 잎』이었다. 멋진 선배의 추천이었으므로, 나는 그 시집을 읽었다. 그리고 전율했다. 대단히, 멋진 시집이었다. 내가 생각지도 못했던 세상이 펼쳐져 있었다.

내 안에 존재는 했으되 뭐라 표현할지는 몰랐던 느낌들이, 이렇게 끄집어내어져서 활자로 존재한다는 사실은, 일종의 충격이었다.

기형도는 말한다. 자신의 희망은 질투뿐이었으며, '내 生은 미친 듯이 사랑을 찾아 헤매었으나 단 한 번도 스스로를 사랑하지 않았노라'고. 〈질투는 나의 힘〉

그의 시는 그대로 마음에 꽂혔다. 마치 번개처럼. 결국 나도, 미친 듯이 사랑을 찾아 헤매고 있으나 단 한 번도 스스로를 사랑하지 못했던 것이 아닌가, 하는 깨달음. 단 한 번도, 스스로를.

한 구절 한 구절, 그의 시를 읽으면 슬픔이 몰려왔다. 삶이, 세상이, 이렇게 아픈 거였나. 얼굴 한 번 보지 못한 시인의 마음이, 그대로, 내 마음이라니.

시는 교과서에서 많이 봤다. 시험을 보려면 공부해야 했다. 고백하자면, 모두들 입을 모아 비판하는 주입식 교육이 나에게는 꽤 잘 맞는 것 같기도 했다. 김소월의 〈진달래꽃〉의 주제를 '두 어절'로 말하라면 '이별의 정한', '두 음절'로 말하라면 '정한', '한 음절'로 말하라면 '한', '한 음절의 한자'로 쓰라 하면 '恨(한)'. 이런 식의 국어 수업이 꽤 재밌었던 적도 있었으니까.

어쩌면, 그래서, 내가 실제 감정의 문제에 이르면 더듬더듬 서툴렀던가. 국어시간에 연애를 가르칠 수야 없겠지만, 시를 통해 세상을 볼 수 있다는 것을 왜 아무도 말해 주지 않았던가. 시는 본래 점수를 받기 위해 공부하는 것이 아니라, 삶을 바라보는 통로라는 것을. 그래서 바로 내 삶으로 침투해 오는 시가 있다는 것을.

그날 이후, 서점의 시집 코너에서 시를 뒤적거리는 시간이 늘어났다. 느낌이 좋은 시집은 사기도 했다. 다행인지 불행인지, 시집은 항상 다른 책들보다 가격이 쌌다. (아마 지금도 그럴 것이다.) 좋아하는 시인도 생겼다. 이성복은 그 중 한 명이었다.

나는 이성복의 시를 연애시로 해석했다. 당시 내 주 관심사가 연애였기 때문일 것이다. 감상적인 스무 살 청춘인 내 가슴 안에도 '하루종일 빠져나오지 못한 슬픔 하나가 덜컥거'렸다. '그 슬픔이 당신 자신이라면 나는 또 무엇을 밀어내야 할까요'에 밑줄을 그었다.〈울음〉

그래도, 사랑을 포기할 수는 없었다. '언제나 끝났다고 생각한 곳에서 길은 다시 시작되'었으니까.〈산길2〉

연애의 시작과 끝에서 나는, 절박하게 시를 챙겨 읽었다. 이런 느낌을 나만 가지는 것이 아니라는 사실은 항상 위로가 되었다.

어쩌면 기형도나 이성복의 시가 담고 있는 정서는 이미 옛것이 되었을까? 그건 아닐 것이다. 정서란 보편적인 것이니까. 물론 정서를 표현하고 전달하는 방식은 이 시대에 맞는 새로운 것들이 많이 생겨났을 터이지만.

삶이라는 학교에 함께 재학 중인 후배들에게 좋아하는 시 몇 개쯤은 꼭 가지라고 말해 주고 싶다. 그 시들이, 어려운 순간에 당신을 위로할 것이라고.

살다 보면 정신적으로 가난해지기가 참 쉽다. 돈을 곳간에 쌓아 두고 살아도 마음만은 가난하기 짝이 없는 사람이 얼마나 많은가. 동시에, 경제적으로 어려울수록 정서까지 동시에 빈곤해져 버릴 가능성이 높은 것 또한 사실이다. 시는 마음을, 느낌을 예민하고 풍족하게 만든다.

나는, 일일이 열거할 수 없을 정도로, 시의 도움을 많이 받았다. 취업 준비를 하던 도서관 안에서 이 거대한 세상에 압핀처럼 '꽂혀' 살진 말아야지 결심했고, 좋아하는 사람이 내 마음을 받아 주지 않을 때 '서러움 아닌 사랑이 어디 있겠느냐'고 내 마음을 별렀으며, 해서는 안 될 사랑을 하며 힘들어하는 친구에게 '그러나 사랑하는 것마저 죄로 둔갑한다면 그때 우리는 무엇을 사랑할 것인가'라며 위로를 전하기도 했었다.

기쁨은 기쁨대로, 슬픔은 슬픔대로 수천, 수만 가지 얼굴을 가지고 있다는 것을 알았다. 지금의 내 감성은, 그것이 조금이라도 성숙한 점이 있다면, 상당 부분 시에 빚지고 있다는 것이 진실이리라.

만약 시를 쓴다면 더욱 좋겠다. 단 한 줄이라도 좋다. 다른 사람이 보지 않아도, 출판되지 않아도, 단 한 글자여도 좋을 것이다. 내가 세상을 읽는 틀, 내가 보는 내 마음, 내가 그 사람을 위로하는 방식, 이런 생각 저런 생각 끝에 나온 어떤 그림. 이미지로서의 시는 새로운 상상을 하게 하는 힘이 될 것이다.

정말 용기를 낸다면, 누군가에게 건넬 수도 있을 것이다. 어떤 새로운 대화의 방법으로서.

대학을 떠나야 할 때가 가까워졌을 때, 기형도의 시집을 추천해준 선배를 다시 만났다. 카페에서 커피를 마시며, 나는 막막하다고 말했다.

오빠, 나도 '대학을 떠나기가 두려워'요, 기형도처럼.

선배는 가방을 열어 시집 한 권을 나에게 내밀었다. 좋아했던 시집인데, 집에서 책장 정리를 하다 발견했다고. 네 생각이 나서 갖고 나왔다고. 최승자의 『이 時代의 사랑』이었다.

그 뒤로 오랫동안 나는 그 선배 생각을 했다. 생각이 나면, 시집을 열어 보았다. 그리움의 냄새가 아련하게 올라왔고, 나와 같은 느낌을 가진 누군가가 내 곁에 있는 것 같았다.

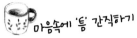 마음속에 '틈' 간직하기

토요일 오후 두 시, 청담동

토요일 오후 두 시, 청담동의 풍경을 아시는지?

갑자기 기억이 난다. 한때 나 역시 그 그림의 일부였던 적이 있었으므로…….

그것은, 틀에 찍어낸 듯 유사한 맞선 혹은 소개팅의 풍경이다.

화장을 곱게 하고 헤어숍에서 만진 듯한 찰랑이는 긴 머리를 늘어뜨린 살구빛 원피스의 그녀와, 갓 면도를 마친 파르스름한 턱이 도드라지는 세미정장의 그가, 마주앉아서 예의 바른 미소와 함께 간단한 질문과 대답을 교환한다. 테이블의 위치만 다를 뿐, 그와 그녀들은 구분이 힘들 정도로 비슷하다.

나이가 늘어가고 '왜 결혼하지 않느냐'는 주위의 압박이 거세져 왔을 때, 나에게도 '남들처럼 살지 못하는 건 아닐까?' 하는 공포가 차올랐고 '에라 모르겠다, 나도 최선을 다해 내 짝을 찾아내서 남들다 하는 대로 결혼도 하고 결혼 후의 삶도 영위해 보자' 그랬다.

얼굴도 알지 못하는 남자로부터 전화가 걸려온다.

"저는 ○○○로부터 소개받은 ○○○입니다. 이번 주 토요일 시간 어떠세요?"

"아, 네. 토요일 괜찮아요. 그럼 토요일 오후 두 시쯤 볼까요?"

"네. 좋아요. 장소는, 강남 쪽이면 어떠실까요?"

"네. 좋아요. 그럼, 이번 주 토요일 오후 두 시에 청담동에 있는 ○○카페에서 뵐게요."

참 신기하게도, 상대 남자의 나이나 직업, 생김새에 상관없이 '맞선 매뉴얼'이라도 존재하는 듯, 대화의 흐름은 똑같았다.

거의 격주로 토요일 오후 두 시, 청담동의 모처로 나가는 일이 두어 번 반복되고 '아, 나에게 소개팅으로 남자를 만나는 일은 팔자에 없는 일인가 보다' 하는 좌절이 연이어 찾아오고 나서, 그날도 토요일 오후 두 시, 청담동의 한 카페였다.

파란 폴라티를 입은 남자가 나를 보더니 자리에서 일어섰다.

"○○○씨죠? 전 ○○○이에요."

"안녕하세요. 반갑습니다."

자리에 앉은 우리는 둘 다 커피를 시켰다. 이미 여기에 왔던 적이 있던지라 커피가 상당히 맛있다는 걸 알고 있었다. 앞에 앉은 나와 동갑이라는 남자 역시 이 카페가 처음이 아니리라.

확 끌리지는 않았지만 남자는 그럭저럭 호감이었다. 커피를 한 모금 넘긴 남자는 주위를 둘러보더니 몸을 내 쪽으로 기울였다.

"한번 둘러봐요, 여기."

그랬다. 상당히 규모가 컸던 그 카페의 모든 테이블은 우리 같은 소개팅 남녀로 꽉 차 있었다. 단 한 테이블도 빼지 않고, 그 자리에서 처음 만나 어색한 인사를 교환하는 남녀들, 그리고 똑같은 이야기들로 꽉꽉.

무슨 색깔 좋아하세요? 회사 일은 재밌으세요? 영화, 좋아하시나 봐요. 전공은 뭐 하셨어요? 혹시 ○○○를 아세요? 저랑 중학교 동창인데요.

대단한 장관이었고, 동시에 숨 막히면서도 답답한 광경이었다.

나는, 내가 이 거대한 사회의 한 개 부품에 불과하다 느꼈다. 나와 남자는 그저 카페 안 한 개의 테이블이었고, 나는 그녀들 중 한 명이었다. 내가 꿈꾸고 즐기고 행복한, 나만의 삶이 여기에서 비롯할 수 있을까.

하지만 이것은…… 아니었다.

"좀…… 그렇네요."

남자와 나는 눈을 마주치고 웃었다. 그와 나는 연인이 될 수는 없었지만, 동지가 될 수는 있었던 것 같다. 우리는 자리에서 일어나 토요일 오후 두 시 청담동의 풍경으로부터 벗어났으니.

우리는 모두 자신이 독립적인 존재라 믿지만, 그렇게 독립적이고 자율적으로, 자신만의 특별함을 간직한 채로 살아가는 건 생각보다 쉽지 않다. 토요일 오후 두 시 청담동의 풍경이 그것을 가르쳐 준다.

그곳에는 결혼 적령기나 성별 역할, 계급 상승의 욕구 등에 대한 거대한 집단 무의식이 자리잡고 있다. 나 역시 똑같이 생긴 나사 중 하나가 되어 공장의 톱니바퀴를 돌리고 있는 건지도 모른다.

일상은 생각보다 빡빡해서, 피곤한 우리들은 그냥 '남들처럼 하면 돼'라며 재미없는 삶을 타성적으로 영위하기 쉽다. 청담동 카페의 한 테이블을 차지하고 앉아서, 똑같은 커피를 마시고, 똑같은 대화를 나누면서.

그래서 '틈'이 필요하다. 일상 속의 숨구멍 같은 것.

그저 한 개의 나사가, 하나의 테이블이 되고 싶지 않다면. 기왕 세상에 온 것, 행복하고 재미있게 살고 싶다면.

그 '틈'은, 마음속에 품고 있는 휴양지 같은 것이다.

'틈'을 통해 우리는 숨쉬고, 충족된다.

선배 하나는 나중에 남태평양에 있는 작은 섬으로 가고 싶다고 했다. 섬 이름도 말했던 것 같은데, 그건 잘 기억이 안 난다. 돈을 모아 최고급 리조트에서 바닷바람을 맞으며 쉬고 즐기고 싶다 했다. 와이프 모르게 조금씩 돈도 모으고 있는 모양이었다.

그 이야기를 할 때 그는 활기차 보였다. 가장의 무게도, 지리멸렬한 직장 생활도 잠시 잊은 듯, 입가에 미소가 피어올랐다.

선배의 머릿속에 있는 남태평양의 작은 섬, 그것이 그의 틈일 터였다. 일상을 버텨내는 힘, 맑은 에너지가 쏟아져 들어오는 숨구멍, 행복을 주는 휴식 같은.

내 남편의 틈은, 1년짜리 크루즈 세계 여행이다. 그것은 나와 상의할 필요가 없는 그만의 꿈이다. 얼마 전에 물어보았더니, 예산은 얼마 정도면 될 것 같아, 몇 년쯤 후에는 가능할 것 같아, 이러면서 잔뜩 행복해한다.

그때 남편은 해야 할 일이 몇 개가 겹치는 바람에 눈코 뜰 새 없이 바빠 스트레스를 받던 중이었다. 바쁜 와중에도 그는 종종 크루즈로 세계의 바다를 누비는 상상을 하며 계획을 세워 왔던 모양이었다. 아니, 어쩌면 스트레스 가득한 현실로부터 잠시 벗어나 크루즈 위에서 바닷바람을 만끽했을지도 모를 일이다.

나의 틈은 소설을 쓰기 위한 나만의 작업실이다.

작업실이 없다고 소설을 쓸 수 없는 것은 물론 아니다. 세계적인 소설가도 보통은 작은 부엌의 식탁 위에서 첫 소설을 써내니까 말이다. 나도 여기저기서 글을 쓴다. 사람이 북적대는 카페에서, 책상 위에서, 침대 위에서.

그러나 언젠가는 아담한 나만의 글 쓰는 공간을 갖고 싶다. 한쪽 벽면이 책으로 가득하고, 책상 위에는 컴퓨터와 노트가 놓여 있고, 한 구석에는 커피 포트와 질 좋은 원두가 마련되어 있는 기분 좋은 공간. 언제쯤이면 마련할 수 있을까, 구체적으로 궁리해보기도 한다.

일이 잘 안 풀릴 때, 정신없이 바쁠 때, 글이 막힐 때, 나는 언제든 내 머릿속 작업실로 탈출할 수 있다. 그곳에서 나는 쉬고, 돌아온다. 마음속 휴양지다.

누구나 '틈'이 필요하지만, 누구나 '틈'을 가지고 있는 것은 아니다. '먹고 살기 바쁜데 무슨…….'

이 생각은 틈을 메워 버리는 가장 쉬운 생각이다. 마음속에 소망을 올려두고 수시로 들여다보지 않으면 틈은 금방 닫혀 버리기 때문이다. 틈이 없는 삶은 불행하다. 새로운 에너지가 들어올 구멍이 없기 때문이다. 지금의 일상을 벗어나 바라볼 꿈이 없기 때문이다.

소중하게, 자신의 틈을 만들고, 기억하고, 돌보아야 한다. 지금 더 힘을 내기 위해, 더 행복한 삶을 위해서.

파란 폴라티를 입었던 청담동의 그 남자는, 운전 잘하는 애인 옆 조수석에 앉아 해안도로를 마구 달리는 게 꿈이라고 했다. 자긴 운전을 싫어한다며, 그날도 청담동까지 전철을 타고 왔다 했다. 얼마 전에 승진했는데, 일이 너무 많아서 힘들다고 했다. 남자는 나를 택시로 바래다주었다.

짧은 만남이었지만, 우리는 둘 다 숨구멍이 필요한 동지였다.

그가 정말 끝내주게 운전을 잘 하는 여자를 만나서 바닷바람을 실컷 쐬며 해안도로를 달릴 수 있기를, 나는 진심으로 빌어 주었다. 그는 그 틈을 통해 당시 부쩍 빡빡해졌다는 회사 생활을 견디었을 것이었다.

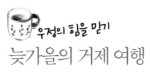
우정의 힘을 믿기

늦가을의 거제 여행

휴가를 내어 남편과 함께 2박 3일간 거제에 놀러갔다.

목적지로 '거제'가 선발된 데에는 특별한 이유는 없었다. 남편이나 나나 워낙 바빴던 참이어서 '그냥 바다나 보면서 좀 쉬자' 하는 마음이었고, 서해는 쓸쓸하고 동해는 많이 갔으니 남해 쪽으로 가자 했고, 맨 처음 검색했던 남해의 호텔은 이미 예약이 차 있어서 '그럼 거제는 어떨까?' '그래, 그럼 거제로 하지 뭐' 그랬던 거다.

거제에 남편의 오랜 친구가 있다는 것은 알고 있었다. 기왕 거제를 가게 되었으니 얼굴 보고 저녁 한 끼쯤 함께 하겠구나 생각했다. 우리 결혼식 때 왔다고 하는데, 결혼해 보신 분은 아시겠지만, 그날은 정신이 반쯤 빠져 있는 날이라 전혀 기억이 나지 않았다.

그리고.

'저녁 한 끼쯤'은 나의 크나큰 오산이었다.

남편의 친구는 우리가 고속도로를 달리고 있을 때부터 전화를 하기 시작했다.

"어디고?"

평소 과묵한 남편은 옛 친구와 통화를 시작하면서 거친 경상도 사나이로 변신했다.

"쉐끼~ 내가 어디면 니가 어쩔 낀데? 가는 중이다."

"대전통영 타라. 대전에서 통영까지 두 시간밖에 안 걸린다."

"알아서 간다. 니 성질이 왜 이래 급한데?"

(……)

"대전통영 탔나?"

"탔다. 이 쉐끼. 내가 닌 줄 아나."

"쉐끼. 헹님이 챙겨 주는데 고맙다 할 것이지 왜 까부노?"

"니가 왜 내 헹님이가."

남편은 낄낄거렸다. 남편이 순식간에 까까머리 부산 고등학생으로 변신하는 것도 경이로웠지만, 더 흥미로운 것은 차 안에서 내내 남편의 입가에 걸려 있는 미소였다.

'저 남자가 저렇게 웃는 걸 언제 봤더라?'

남편은 요즘 일이 부쩍 바빠서, 스트레스를 받던 중이었다. 머리가 아프다, 어깨가 아프다, 피곤하다, 이런 말들을 입에 달고 살았다. 조금이라도 스트레스 풀고 오자며 겨우겨우 2박 3일을 빼낸 차였던 것이다. 그런데…….

저 남자가 저렇게 웃고 있다. 히죽히죽.

선생님 몰래 재밌는 장난이라도 치러 가듯.

예약한 호텔에 도착하니 벌써 오후 네 시였다. 운전은 남편이 했지만, 조수석에 앉아 장시간 달리는 것도 나름 고된 노동이었다. 거기다가 내가 누구인가. 자타가 공인하는 저질 체력의 소유자 아닌가.

나는 침대 위로 쓰러졌다. 잠깐 눈을 붙이고 나서 어두워지면 호텔 카운터나 스마트폰 검색을 통해 근방의 맛집을 물색해 볼까 싶었다. 큰 창으로는 이미 거제의 바다가 가득이었다.

아하하. 바다를 따뜻한 방 안에서 눈으로 즐기는 호사를 누릴 수 있겠구나, 침대 위에서 밀린 잠이나 실컷 자야겠군.

그러나 5분도 채 지나지 않아 남편의 휴대폰이 또 울렸다. 남편의 친구는 자연산 횟집을 예약해 두었다며, 우리를 데리러 이미(!) 출발했다 했다. 아내까지 대동하고 나타난 남편의 친구는 남편과 똑같았다. 그것은, 그 역시 까까머리 부산 고등학생처럼 보였다는 뜻이다. 둘은 만나자마자 욕과 사투리를 섞어 가며 안부를 나누었다. 마흔이 넘은 남자 둘은 아이처럼 신나 보였다.

어쨌든 결과적으로 우리는 날이 저물기도 전, 신선한 해물과 가장 비싸다는 돌돔회로 배를 채웠다. 남편의 친구는 흔쾌히 카드를 그었다.

다음 날, 모처럼 늦잠을 자고 호텔의 조식을 먹자마자 남편의 휴대폰이 또 울리기 시작했다. 남편은 순식간에 경상도 사나이로 빙의하여 외쳤다.

"쉐끼야, 왜 아침부터 전화질이고!"

결국 그날, 남편의 친구는 마치 여행가이드처럼 하루 종일 우리를 안내했다. 우리를 차에 태우고 거제를 두 번이나 돌면서 볼 만한 장소들을 콕콕 집어 주었고, 점심은 유명한 해물탕집에서 사고, 저녁은 자기 식구들을 모두 모아(귀여운 아이들이 둘이었다) 최고급 한우를 구웠다.

그리고 남편의 차 트렁크에는 우리가 당분간 일용할 양식 한 상자가 실렸다. 뭘 이런 것까지 신경을 쓰시냐고 손사래를 쳤더니, 어차피 자기가 운영하는 대리점에 있는 것들 몇 개 골라 넣은 것뿐이라며 쑥스러워했다.

나는 참 오래간만에 '우정'이라는 것을 본 것 같았다.

'우정'이라는 말은 써본 지도 오래된 것 같다. 왠지 그 단어를 떠올리면, 주윤발과 유덕화가 인기를 끌던 시절의 홍콩 느와르 영화 화면이나, 초등학교 교과서에 나오는 '친구는 서로 사이좋게 지내야 합니다' 같은 문장이 생각나 버린다.

그러니까, 아주 오래 전 유행이 지나 버려서 장롱 구석에 처박아 놓고 더 이상 입지 않는 낡은 외투처럼.

그런데.

고등학교 때 '삼총사'의 일원이었다는 두 사십대 남성은, 그냥 좋아서 어쩔 줄 몰라하지 않는가. 그냥 반갑고, 즐겁고, 뭐라도 더 보여 주고, 뭐라도 더 먹여 주고, 뭐라도 더 챙겨 주고 싶어하지 않는가. 맞아, 이런 거였다. 이렇게 따뜻하게 다가오는 것.

결국, 우정이란 그 자리에 있는 마음일 것이다. 계산 없이 그냥 서로에게 좋은 마음 말이다. 그러므로 애써 붙잡고 지키기 위해 노력할 필요도 없고, 이해득실을 계산해서 좋은 것을 취할 필요도 없다.

그리고 '우정'에 대해 생각하면 자동반사적으로 기억나 버리는, 10년 전 받았던 편지 한 통.

넌 이기고 살 거야.

아마 넌 매번 네가 졌다고 생각하겠지만

그건 다음번 싸움에 다시 승리하기 위한 전열정비,

각오 다지기에 다름 아니지.

그래서 요즘은 네 걱정이 덜 돼.

나는 그때 삶의 패잔병이 될까 봐 두려웠던 모양이다. 그가 보내 온 편지 덕분에, 나는 안심했었다. 그때 누구보다도 나와 가까웠던 사람이 말해 주었기 때문에. 요즘엔 네 걱정을 덜 한다고, 넌 이기고 살 거니까, 라며.

이 편지는 오래도록 위안이 되었다. 나를 잘 알고 있는 누군가의 이야기니까 맞을 거라고. 그는 꽤 통찰력이 있는 편이었으니까. 때로 나 자신도 확신할 수 없었던 내 가능성에 대해서, 그는 나보다도 잘 아는 사람이었을 테니까.

지금은, 인생에서 이기기만 하면서 살 수는 없고, 이기기만 하는 삶이 꼭 좋은 것만도 아니라는 것을 알게 되었지만, 어릴 적 나는 형제들끼리 재미로 하는 게임에서도 지면 발버둥을 치며 울던 아이였다. 그 아이는 성인이 된 내 안에 여전히 남아서, 불안에 예민하게 반응하곤 했었다. 아마 그도 내가 이기고만 살 수 없다는 것 정도는 알고 있었겠지.

그러나 그는 그 순간 나에게 가장 필요한 말을 주었다. 약해질 때, 힘겨울 때, 두려울 때, 꺼내 보고 힘을 낼 수 있도록.

그 편지는 우리가 나누었던 우정의 증표였다. 10년이 지난 지금까지, 그 편지는 힘이 되었다. 매번 이기고 살지는 못했지만, 나를 보듬어 주는 마음이 존재하고 있다는 것으로.

언제가 될지는 모르겠지만, 우리가 다시 거제에 갈 일이 생긴다면, 남편의 친구는 지금처럼 만사 제쳐놓고 달려올 것이다. 지금보다 더 나이가 들었을 두 남자는 다시 고등학생으로 빙의해서 거친 말투로 티격대며 행복하겠지.

우정은 거기 있으므로, 그저 누리기만 하면 된다. 따지지 않고, 서로 보듬어 주는 마음. 그 마음 덕분에, 두 남자는 다시 힘을 내어, 남은 삶으로 씩씩하게 돌아갈 수 있을 테지.

그것이, 우정의 힘이다.

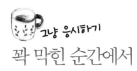 그냥 응시하기

꽉 막힌 순간에서

그 아이는 이렇게 말했다.

"내 인생이 엉망이 되어 버린 것 같아요."

그 말을 하는 그 아이의 옆모습이, 맥락 없이 툭, 말을 뱉은 뒤의 짧은 침묵이, 꼭 10년 전 나를 보고 있는 것 같아서, 순간 가슴이 저릿했다.

"다 괜찮은데…… 일도 그렇고, 경제적으로도 그렇고, 사람들도 그렇고, 객관적으로 보면 다 괜찮거든요? 근데, 이상하게, 답답해요. 요즘 계속……."

진심으로, 위로하고 싶었다.

나에게도, 꼭 너같은 시간이 있었기 때문에.

겉으로 보기엔 삶이 그럭저럭 굴러가고 있는 것 같지만, 눈앞에 뿌연 안개가 들어찬 기분.

길을 걷다가도, 밥을 먹다가도, 침대에 누웠다가도, 운전을 하다가도, 나도 모르게 자꾸만 한숨이 쉬어질 때.

'내 인생은 엉망진창이 된 것 같아'라는 생각이, 떠올리려 하지 않아도, 너무나 또렷하게, 섬광처럼, 머릿속을 스칠 때.

그 암담함을, 기억한다. 지금도, 선명한.

나도, 내 인생도, 뭔가 단단히 고장난 것 같은데, 머릿속에서 계속 '이건 아니다, 이건 아니다' 그러는데, 손에 잡히는 것은 아무것도 없다.

아니, 무엇을 손에 쥐어야 하는지조차 알 수 없는, 고단한 순간.

어쩌면 이 이야기는 너무 추상적인 글이 될 수도 있겠다. 어떤 구체적인 상황이나 예시를 들어 설명하기 어려운, 그냥 꽉 막혀 버린, 순간에 대한 이야기.

그러나 살다 보면 이런 순간, 존재한다. 설명하기 어렵다고 해서, 그것이 존재하지 않는 것은 아니다. 나에게 그 꽉 막힌 순간, 겉으로 보면 다 괜찮은 것 같지만 속으로는 하나도 괜찮지 않은, 내 인생이 고장나고 망가져 버린 것 같이 느껴지는 순간은 존재했다, 분명히. 그 존재감이 너무 강렬해서, 안간힘을 쓰고 버텨내야만 했던 시간이 있었다, 분명히.

그런데, 그 아이가 그렇게 말한 순간, 알았다. 그 순간이 나에게만 존재하는 것이 아니라는 것을. 어쩌면 통과의례처럼 많은 사람들이 겪어 내는 시간일 수도 있겠다는 것을.

　설명하기 어려워서, 논리적인 이유를 찾기가 힘들어서, 그래서 더 두려운 시간이, 내가 과연 이 '엉망인 상태'로부터 한 발짝 걸어 나갈 수 있을까 싶은, 그런 시간이 스무 살에서 서른 살 언저리 어디쯤에 많이들 존재하고 있다는 것을.

　영화 〈사랑도 통역이 되나요?〉에서 중년배우 밥 해리스(빌 머레이 분)는 위스키 광고를 찍기 위해 도쿄를 찾는다. CF감독은 말조차 통하지 않고, 아내는 전화 목소리로만 존재하는 타인일 뿐이다.

　그리고 밥이 묵는 호텔에는 사진작가인 남편을 따라 도쿄에 온 결혼 2년차가 된 스물다섯 살의 샬롯(스칼렛 요한슨 분)이 있다.

　외로운 이방인인 두 사람은, 서로를 쉽게 알아본다.

　밥에게 샬롯은 말한다.

　"사는 게 힘들어요."

　스물다섯 살의 샬롯이 머물고 있던 그 꽉 막힌 지점이, 그 아이가, 자기 인생이 엉망이 되어 버린 것 같다던 그 아이가 현재 머물러 있는 곳과 동일한 듯싶었다.

　그 말을 내게 하고 나서, 그 아이는 담배를 피워 물었다. 그 허전함을, 답답함을, 두려움을 기억했기에, 떠올라 버렸기에, 뭐라도 위로하고 싶었다.

그래서 내가 어떻게 말했던가. 나도 안다고, 누구나 그럴 때가 있다고, 그렇게 말하는 내 목소리가 조금 갈라져 나왔던가. 제대로 된 위로는 아니었을 것이다. 잊고 있었던 내 스무 살의 막막함에 마주하여 나는 좀 어쩔 줄 몰랐던 것 같다.

헤어져 집에 오는 내내, 그 목소리가, 인생이 엉망이 되어 버린 것 같다던 그 아이의 목소리가 들렸던 것 같기도.

이상하게, 추운 밤이었다.

샬롯에게 밥은 대답한다.

"나아질 거야. 자신에 대해 잘 알게 될수록 주변 상황에 덜 흔들리게 되지."

"내 미래가 불안해요."

"글 계속 써. 샬롯."

"결혼생활은 살수록 나아지나요?"

"쉽지 않아."

그렇지만 밥은 샬롯의 발을, 꺼멓게 죽은 발가락을 만져 주며 말한다.

"희망을 가져."

그날 밤, 내내 생각했다. 그 아이에게 어떤 위로를 줄 수 있었을까 하고. 어떤 충고를 전할 수 있었을까 하고.

그러면서, 나는 나의 꽉 막힌 밤들을 떠올렸다. 목표도, 의욕도 없고, 내 삶이 어디서부터 망가진 것일까 싶고, 어디서부터 고쳐 나가야 할지, 과연 다시 시작할 수나 있을지…… 납득할 만한 논리적인 이유는 없는데, 불안하고 두려웠던 그 시간들 속에서 나는 무엇을 했던가.

나는, 그냥, 가만히 있었다.

가만히, 내 안을 바라보았다.

이 이유 없는 불안을, 끝 모를 공포를, 상실감을, 허무함을, 텅 빈 기분, 알 수 없는 슬픔을, 그냥, 바라보았다. 그냥 그것들을 응시하는 것 말고는 할 수 있는 것이 없었다.

그렇게 꼬박 밤을 새운 적도 있었다. 창밖이 파랗게 밝아지는 것을 보면서, 가만히 있는 것 말고 한 게 없었던 몹시 지친 나는, 울고 싶어졌다. 밤이 가고 아침은 왔는데, 나는 여전히 그대로여서, 절망스러웠다.

그런 시간들이 흐르고 나서, 나는 알았다. 그때 내가 정말 해야 할 일을 했다는 것을. 그냥, 가만히, 내 안을 응시하는 것. 그렇게 시간이 흘러가도록 놓아두어야 했다는 것.

안달복달하지 않고, 억지로 나를 움직이려 하지 않고 그냥 지켜보았던 그 시간이, 살다 보면 꼭 필요한 시간이라는 것.

밥처럼, 희망을 가지라고는 말할 수 없을 것 같다. 희망은, 결심으로 가질 수 있는 것이 아니니까.

희망은 외부로부터 주어지는 것이 아니라, 내 안의 모든 약함과 두려움을 마주하고 나서, 그럼에도 불구하고 내가 '살아갈 수 있겠다'고 떠올린 순간 내 안에서 만들어지는 것이다.

그러니, 다시 그 아이를 만나면 이렇게 말해야겠다.

그냥 가만히 바라보라고. 이 상황을, 문제를, 자기 안의 감정을 그냥 '응시'하라고. 그렇게 그냥 흘려보내야 할 시간이 있는 거라고.

한참을, 질리도록, 엉망진창인 내 안을 들여다보고 나면, 어느 순간 불현듯 그래도 괜찮다는 걸 알게 될 거라고.

그때 몸을 일으켜 걸어 나올 수 있을 거라고.

그 시간 전과 후의 내가 달라져 있음을 알게 될 거라고.

살다 보면 그냥 그런 시간이 필요한 거라고.

많은 사람들이 그렇다고.

나 역시도, 한때 엉망진창인 삶 안에 있었다고.

그래도, 괜찮다고, 지금.

그러니, 힘내라고.

새로운
시작을
위해

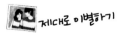
제대로 이별하기

수많은 헤어짐을 위하여

"너는 한 번도 나를 사랑한 적이 없어."

그는 눈물 고인 눈으로 이렇게 말했다.

겨울이었다. 찬바람이 얼굴에 와 꽂혔다. 뭐라고 대답을 해야 할지 나는 알지 못했다. 다만 그가 입을 열어 그 말을 한 순간, '정말 나는 단 한순간도 그를 사랑한 적이 없었구나'라는 뼈아픈 자각이 가슴을 쳤다. 그래서 나는 순순히 그의 말을 인정했다.

"맞아. 나는 한 번도 너를 사랑한 적이 없는 것 같아. 그러니 이제 끝내자."

그는, 자신의 말이 내 마음을 거두어들이게 한 최후의 일격이었다는 사실에 못내 놀라는 모습이었다. 오히려 그에게 그 말은 내 마음을 붙잡아 두고 싶은 마음의 표현이었던 것이다. 그래도 어쩔 수 없었다. 그 말은 우리 둘 다 알고 있었지만 차마 인정할 수 없었던 진실을 명명백백히 우리의 앞에 끄집어내 버렸던 것이다.

그리하여 마침내 환한 대낮에 모습을 드러낸 그 진실은, 우리에게 더 이상은 없다는 것을 분명하게 가르쳐 주었던 것이다. 칼바람 속에서 나는 파랗게 굳어 반복했다.

"나는 한 번도 너를 사랑한 적이 없어. 그러니, 이제 끝내자."

서서히 그의 눈빛은 안타까움과 슬픔에서 분노와 원망으로 바뀌었다. 그날은, 연애보다도 더 다이나믹한 이별의 시작이었다.

결론적으로 그 이별은 아름답지 않았다.

비록 한 번도 사랑하지는 않았지만 꽤 괜찮은 남자라고 생각했던 그는 쪼잔하고 비겁하며 공격적인 스토커로 변신했다. 그 변신은 '그 남자가 바로 이 남자야?' 라고 눈을 비비고 들여다볼 가치가 있을 만큼 전격적이고 드라마틱한 것이었다.

수차례 그는 만취한 상태로 밤에 전화를 걸어왔다. 늘 똑같은 이야기. 과거에 대한 미련과 미래에 대한 저주. 가끔 문자가 오기도 했다. 역시 비슷한 이야기. 과거에 대한 미련과 미래에 대한 저주. 그 모든 것을 유발한 나라는 인간에 대한 비난.

나는 한때 찬란하게 빛났던 감정이 이토록 나락으로 떨어질 수 있다는 사실에 절망했다. 사랑과 증오는 동전의 양면이라던 옛 성현들의 말씀이 하나도 그르지 않았다.

그는 나를 사랑했다는 이유로 나를 증오하고 협박하고 저주했

다. 당혹스러웠지만 이 정도는 감수해야 한다고 생각했다. 그에게는 예상치 못했을 갑작스러운 이별이었을 것이기에. 그리고 이 사태에 대하여 '사람을 잘못 본' 나에게도 일말의 책임이 있다고 생각했기 때문에.

그렇지만 그가 미웠다. 미련은 아니었다. 사랑하지도 않았던 남자에게 미련 따위 있을 리가 없지 않은가? 다만 좋은 기억으로 남을 수 있었던 과거까지 엉망으로 만들어 버리는 그의 유치함에 화가 났다.

좋았던 사람으로 남아 주면 안 돼?

아름다운 추억으로 남아 주면 안 되었던 거야?

한때 괜찮았던 남자가 이렇게 상식 이하의 남자가 되어야만, 그래서 내가 '내 눈을 찌르고 싶은' 심정까지 들어야만, 별것도 아니었던 우리의 관계가 끝나는 거야?

미움이 지나가자 두려움이 찾아왔다. 아침에 집을 나설 때마다 주위를 살폈다. 이성복이었나, '사람이 사람을 사랑하면 죽일 수도 있다'라고 썼던 시인이? 혹시 나에 대한 배신감과 증오로 며칠 밤을 몸부림치던 그가 충동적으로 흉기를 들고 우리 집 앞에서 나를 기다리고 있다면?

그가 전화와 문자로 퍼부어 댔던 숱한 저주의 말들을 생각하면, 이런 상상도 큰 비약은 아니다 싶었다. 생각보다 그 두려움의 크기가 너무 커서, 나도 모르게 소름이 돋았다.

그러나 모든 것에 끝은 있게 마련이다.

이별도 결국 끝난다, 연애가 끝나듯이.

내가 '더 이상은 못 참아'라고 생각하기 시작한 딱 그 즈음부터, 그의 공격이 사그라들기 시작했다. 마침내 그가 이 상황을 받아들이기 시작한 것이다.

그리고 나 역시 그를 용서했다.

그의 감정은 나보다 무거웠기에 나보다 훨씬 더 이별이 두려웠을 거라고. 그는 기본적으로 나보다 보수적이고 소심한 성격이었기에 닥친 변화를 받아들이기가 더 힘들었을 거라고.

엉망이 되어 버린 추억들은 과거일 뿐이고, 무엇보다도 내 기억은 내 것이니까. 이 과정을 통해 그나 나나 배운 것이 있고, 아마도 다음에는 지금보다는 더 나은 이별을 할 수 있을 테니까.

앞으로의 남은 삶 속에서 내가 겪어야 할 수많은 이별들이 존재하고 있다는 것을, 그때는 몰랐다. 시간이 흐르는 만큼 가슴 속에서 사람을 떠나보낼 일들이 생겨났다.

'영원히' 내 곁에 머물 거라 생각했던 친구,

'언제든지' 내 고민을 들어줄 거라 생각했던 선배,

설렘으로 가슴 속에 품었던 연인⋯⋯.

어느 순간 돌아보면, 전혀 다른 길에 서 있는 우리를 발견하는 일이 잦아졌다.

설령 이전과 똑같이 만나서 이야기를 나누고 커피를 나누고 웃음을 나눈다 해도, 이전과는 전혀 다른 관계를 만들기 시작한 우리 말이다.

그런 식으로 관계가 '변질'되는 것은 여전히 두렵지만, 결국 볼 꼴 못 볼꼴 다 보고 만 '밑바닥'까지 내려갔던 긴 이별의 과정을 겪고 난 후 확실히 나는 예전보다 더 잘 이별할 수 있게 되었다.

모든 일에는 끝이 있고, 어느 순간 그 '끝'이 왔음을 직감했을 때 그것은 이미 끝난다.

떠날 연인은 붙잡아도 떠나가며, 영원히 정리되지 않을 것 같던 감정들도 점점 옅어지며, 죽도록 고통스러웠던 상처도 아물기 시작한다. 딱지가 앉고 새 살이 돋아나면 그 자리에 남는 것은 아련한 추억일 뿐이다. 나도 몰랐던 성장과 함께.

'일어날 일은 반드시 일어난다.'

'밑바닥'까지 보았던 지난한 이별이 남긴 교훈은 이것이었다.

떠나보낸 자리는 빈자리로 남는다.

그 빈자리가 바로바로 새 사람으로 대체되는 것은 물론 아니다.

비어 있어서 가벼워지기도 하고, 빈자리로 극심한 외로움이 파고들기도 한다.

내가 할 수 있는 일은, 지금 여기에서 그냥 '나'로 살아가는 일뿐.

어느 순간, 좋은 사람들이 다가오기도 하고, 잃어버렸던 사람들이 나타나기도 하고, 나는 혼자이고 싶기도 하고 함께이고 싶기도 하다.

그러니 어느 날, 또 가슴 속에서 누군가를 떠나보낼 때가 다가오면, 성숙하게 받아들일 것. 이별은 우리의 인생에서 피할 수 없이 반복되는 과정이므로.

매번 이별을 겪어낼 때마다 조금씩은 더 나아질 것.

그러기 위해서, 한 번 정도는 제대로 이별할 것.

지독하게, 단물 쓴물 다 뱉어내고, 한때나마 좋아했던 사람의 황량한 밑바닥과 치졸한 몸부림을 목격하고, 충분한 시간이 흐른 뒤 그 사람을 용서할 것.

그렇게 이별에 대해 배울 것.

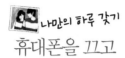 나만의 하루 갖기

휴대폰을 끄고

드라마를 만드는 일은, 제아무리 애정을 쏟았던 드라마라고 해도 늘 내 깜냥보다 버거웠고, 끝나고 나면 과도한 에너지를 소모했다 느끼게 마련이었다.

그렇게 드라마가 끝나면, 만신창이가 된 몸을 이끌고 그간의 휴가를 모아 유럽으로 떠나곤 했다. 그래야만, 쉬고 채워 넣고 잠시 이곳으로부터 나를 분리시켜야만 살 수 있겠다, 버틸 수 있겠다 생각했다. 그렇게 유럽의 도시들을 걸을 때면, 나도 모르게 바지 뒷주머니에 손이 가곤 했다.

휴대폰을 진동모드로 설정해 두고 바지 뒷주머니에 넣어 두던 버릇 탓이었다. 드라마 촬영 현장에서, 걸려오는 전화는 많고, 안 받을 수도 없고, '동시녹음'으로 오디오가 픽업되기 때문에 당연히 진동모드. 그러니 나의 오른쪽 엉덩이는 — 주로 오른쪽 뒷주머니

를 사용했으니— 늘 휴대폰의 진동을 느끼기 위해 긴장해 있었나
보다. 행여 놓칠까 봐, 나의 엉덩이 감각이 휴대폰의 미세한 진동
을 느끼지 못할 만큼 둔할까 봐, 나도 모르게, 내 신경의 일부는 늘
오른쪽 뒷주머니에 머물렀던 모양이었다.

휴대폰은 공항에서 꺼버리고 수트케이스에 던져버린 채였고, 당
연히 뒷주머니에는 아무것도 없었는데, 부르르, 휴대폰이 떨리는
것처럼 나는 자주 느꼈다. 마드리드에서, 바르셀로나에서, 부다페
스트에서, 유럽의 거리 곳곳, 해가 바뀌고 직전의 드라마가 바뀌어
도, 나는 화들짝 놀라 뒷주머니를 어루만졌다.

거기에 아무것도 없음이 확인되고 나면, 새삼 내가 멀리 와 있음
이, 여기서는 나뿐임이 실감 나서, 한숨이 토해지곤 했었다.

고립감을 주는 것은 휴대폰뿐이 아니었다. 텔레비전, 신문, 잡
지, 인터넷…… 그런 것들을 통해 나는 세상과 타인과 연결되어
있다 느꼈던 것이다.

텔레비전에 나와 비슷하게 생긴 사람들이 한국어로 떠들고, 동시
에 수십만의 사람이 연결되어 있을 인터넷에 접속하면서, 수많은
사람들이 접하는 동일한 정보를 읽으면서, 그냥 이 사회를 구성하
는 '그들 중 한 사람(one of them)'이 되어 살아가고 있는 중이었다.

그렇게 며칠이 지나고 나서야 비로소 휴대폰이 없다는 사실에
익숙해지기 시작한다. 휴대폰이 없다는 사실이 불안하고 외롭다는

단계를 지나 '더 가볍고 자유롭다' 느끼기 시작하는 순간이 온다. 휴대폰이 없어도 할 일은 많았다. 걷고 보고 듣고 느낀다. 그것만으로도 하루가 꽉 찬다.

즐겨 보던 텔레비전 프로그램이 하나도 그립지 않다. 이미 인터넷에 나타났다 사라졌을 수많은 정보들도 궁금하지 않다. 텔레비전과 인터넷, 휴대폰이 없이도, 내가 이렇게 살 수 있음이 신기해지기 시작한다. 그것들이 주었던 연결감이 불필요해지면서, 어쨌든, 이토록 분명하게, 나는 세상에 존재하는 것이다.

내가 세상 안에 있다. — 이 외에 어떤 연결감이 또 필요한가? 내가 세상의 일부다. — 외롭다는 느낌을 '강하고 독립적인 나'의 느낌이 대체하기 시작한다.

그제서야 우리는 과도한 정보의 홍수로부터 벗어나서 '나 자신'과 놀기 시작한다. 나 자신과 노는 것이 의외로 재미있으며, 나 자신을 이해하기 위해 꼭 필요한 활동임을 배우게 된다.

동시에, 평소에 내가 얼마나 정신없이 살았는지도 깨닫게 된다. 휴대폰과 인터넷 그리고 텔레비전으로부터 벗어나서야 비로소 나의 일상을 '객관화된 시선으로' 돌아보게 되는 것이다.

아침에 일어나자마자 습관적으로 리모컨을 찾아들고 텔레비전을 켠다. 간단한 뉴스나 생활정보, 연예계 소식 등으로 채워진 아침 프로그램이 흘러나온다. 출근을 하며 차 안에서 라디오를 듣는다. DJ의 잡담, 유행하는 노래.

사무실에 들어서면 제일 먼저 하는 일이 책상 위의 노트북을 켜는 것이다. 자동으로 인터넷에 연결. 사들고 간 테이크아웃 커피를 홀짝이며 먼저 사내 전산망으로 로그인. 메일과 공지사항 등을 간단하게 훑어본다.

다음으로는, 나의 개인 메일로 로그인. 쓸데없는 메일을 삭제하고, 제대로 온 메일은 확인한다. 필요하다면 간략한 답장을 쓸 수도 있다.

그 다음에는 포털 사이트. 포털 메인에 뜬 기사부터, 주로 내가 살피는 매체의 기사까지 죽 훑어본다. 사무실 여기저기 널려 있는 잡지를 보기도 한다. 약속이 있어 누군가를 기다리는 동안에는 주로 트위터를 살핀다. 더러는 가지고 간 책을 읽기도 한다.

집에 돌아오면 또 습관적으로 텔레비전을 켠다. 다운받은 미국 드라마를 보기도 하고, 예능프로그램을 보고 깔깔거리기도 한다. 그러다 보면 이제는 자야 할 시간. 그러면, 자는 거다.

조악하게 정리한 하루지만, 많은 사람들의 하루가 이와 크게 다르지 않을 거라 생각한다. 나도 이렇게 적어 보기 전에는 나의 하루가 이토록 순식간에(?) 흘러가는지 몰랐으니까.

그러면, 차분하게 나를 돌아보고, 내 인생을 성찰하고 계획을 세우며, 혹은 그냥 나로서 존재하는 시간은, 도대체 언제란 말인가?

작가이자 영화감독, 창조성 워크숍의 교육자이기도 한 줄리아 카메론은 "본래 창조적 존재인 우리가 자기 안의 창조성을 발견하고 계발하기 위해서는 '독서중지기간'을 가져야 한다"라고 했다. 그녀가 말하는 '독서중지'란, 모든 종류의 책, 신문, 잡지, 인터넷, 텔레비전, 영화 등을 모두 보지 않는 것을 의미한다. 우리를 정신 사납게 하는 과도한 정보들로부터 일정 시간 비켜 있을 때 우리는 진정한 자기와 만날 수 있다는 것이다. 그때, 창조적 존재로서 우리 안의 어린아이가 모습을 드러낸다.

그녀에 따르면, 많은 사람들이 이 '독서중지'에 대해 상당한 거부감을 갖는다고 한다.(세상에! 그럼 우린 어떻게 시간을 보내야 하죠?) 그러나 그 시간을 실천하고 나서의 만족도는 매우 높다는 것이다.(독서중지기간에 할 수 있는 일은 아주 많다. 산책하기, 청소하기, 친구에게 편지 쓰기, 미술관에 가기, 운동하기, 애완동물 목욕시키기, 요리하기, 명상하기, 집안 가구 배치 바꾸어 보기 등등. 평소에 바쁘다는 핑계로 하지 못했던 일들이 이렇게나 많다!)

나 역시, 언제부턴가, 그런 하루를 의도적으로 갖기 시작했다.

더 이상 바지 뒷주머니에 손이 가지 않을 때, 그때 느꼈던 해방감을 기억하면서. '괜찮아, 시간은 넘치도록 많아' 나도 모르게 혼잣말이 비어져 나왔을 때의 여유로움. 그때 바라보던 세상의 명료함과 나의 존재감.

온갖 매체로부터 벗어난 하루를 가져 보는 것은 어떨까? 일주일에 하루면 좋겠지만, 그것이 힘들다면 한 달에 한 번이라도 온전히 나에게 선물하는 하루. 휴대폰을 끄고, 텔레비전도 끄고, 인터넷 접속도 않고, 그 외에 할 수 있는 모든 것을 자신에게 허락하기. 그 하루 동안 우리는 스스로와 놀면서 자기 자신과 한결 친해질 것이다.

문장이 이어지기 위해서는 쉼표가 필요하고, 뛰다가 반드시 한 번쯤은 멈춰 숨을 골라야 하는 법이니. 그런 쉼표 같은 하루를 위해, 기계들을 쉬게 하길.

멍하니 텔레비전을 보고 인터넷의 바다를 헤매는 동안, 우리가 놓쳤던 풍요를 찾을 수 있을 것이다. 그 하루 이후에 보이는 세상은 이전과 같지 않다, 분명히.

그 남자의 탱고

예전에 방영됐던 드라마 〈여인의 향기〉는, 생계에 목을 매고 비굴하게 회사에 충성하며 살아온 여행사 말단 여직원 연재(김선아 분)가 담낭암 말기로 6개월 시한부 판정을 받는 데서부터 시작된다.

남은 생이나마 즐기며, 제대로 살아 보자고 결심한 연재는 인생의 '버킷 리스트'를 작성한다. 버킷 리스트, 죽기 전에 꼭 해야 할 일이나 하고 싶은 일들을 정리한 리스트 말이다.

연재의 버킷 리스트는 하루에 한 번씩 엄마를 웃게 하기, 나를 괴롭혔던 놈들에게 복수하기, 탱고 배우기, 갖고 싶고 먹고 싶고 입고 싶은 것 참지 않기, 웨딩드레스 입어 보기 등 총 스무 가지나 된다. 마지막 스무 번째는 사랑하는 사람 품에서 눈 감기다.

가슴이 짠해졌다. 나도 모르게 연재가 남은 삶 동안 이 스무 가지 버킷 리스트를 다 이루어 내기를, 정말 사랑하는 사람을 만나 함께할 수 있기를 응원하고 있었다.

그리하여 마침내 버킷 리스트 3번, 탱고를 배우러 간 연재는 한 남자의 놀라운 탱고를 목격하게 된다. 화려한 의상, 쏟아지는 조명 아래 얼굴도 잘 보이지 않지만 분명 예사롭지 않은 그 남자의 춤사위!

그의 황홀한 탱고가 끝나고 그 남자가 연재 쪽으로 고개를 돌리는데…… 세상에나, 이런 반전이 있나. 그 남자는 바로 연재가 다니던 여행사의 어리바리한 과장 윤봉길(김광규 분)이다. 그간 알고 있던 윤봉길 과장과 180도 다른 모습의 그!

그 순간, 나는 6개월밖에 남지 않은 연재의 슬픈 삶도, 가슴 찡한 연재의 버킷 리스트도 잠시 잊고 말았다. 순식간에 궁금해져 버렸다. 이 남자, 윤봉길.

맞다, 누구나 생각과 다른 면들을 가지고 있다. 의외의 면, 의외의 매력, 의외의 가능성.

그러니 사람을 함부로 판단해서는 안 될 듯하다. 사람은 누구나 다채로운 면면들을 가지고 있으니까, 편견으로 누군가를 재단하는 것은 안 될 일이다. 그러나 그렇게 생각하면서도 선입관을 벗어나서 본다는 것은 결코 쉬운 일이 아니다.

늘 옷으로 팔다리를 꽁꽁 싸매고 다니는 저 언니는 소심하고 보수적일 거라든지, 온몸에 군살이 붙어 가는 저 아저씨는 게으를 거라든지, 나이가 어리면 생각이 짧을 거라든지, 오랜 싱글 생활을

한 사람은 자유분방한 사생활을 갖고 있을 거라든지, 말투에 어리 광이 수시로 묻어나는 저 아가씨는 책임감이 부족할 거라든지 하 는, 우리의 일상에 상존하는 선입관들.

역시나 내가 종사하는 드라마업(?)에도 뿌리 깊은 편견들이 존 재한다. 드라마 작가들은 사회성이 떨어지며 외모 콤플렉스가 많 고(그래서 작품으로 승화시킨다는?), 배우들은 얼굴만 반반하지 철학 은 빈약한 자기밖에 모르는 이기주의자들이며, 매니저들은 근본도 없는(?) 양아치들이고, PD들은 자신의 지위를 이용해 남의 피를 쪽쪽 빨아먹는 비겁한 흡혈귀같은 족속들이다, 이런 식으로.

내가 있는 곳이니 내가 제일 잘 알 테지. 그러니 감히 말하건대 이런 선입관은 정말 사실이 아니다. 일단, 모든 사람들은 개인이므 로, '사람마다 달라요'가 정답이다. 이런 작가도 있고 저런 작가도 있고, 이런 배우도 있고 저런 배우도 있고, 이런 매니저도 있고 저 런 매니저도 있고, 이런 PD도 있고 저런 PD도 있다.

내가 아는 사람들 중에서만 보더라도, 사회성이 탁월하고 얼굴 이 예쁜 작가들도 많고, 자기희생적이고 남 챙기는 게 일상화된 배 우들도 많다. 유능하고 사람 좋은 매니저들도 많고, 인품과 실력과 매력을 겸비한 PD들도 많다. (수줍게 고백하자면 나는 아직 그 정도는 못 된다. 인품과 실력과 매력을 겸비하려 '노력중'인 PD라고 해두자. 흠.)

아무튼 대부분의 선입관은 부정적이고, 나 역시도 그런 편견의

희생자였던 적이 있음에도 불구하고, 매사를 '전형적이지 않은 방식'으로 바라볼 수 있기 위해서는 의식적인 노력이 필요한 것 같다. 선입관은 공기처럼, 우리의 삶에 침투해 있으니까 말이다.

"누나, 나 스쿠터 사고 싶어."

J가 그렇게 말했을 때, 너 진짜 애구나 싶었다. 나보다 아홉 살 어린, 친하게 지내던 동생이었는데, 갑자기 스쿠터를 타고 싶다는 거다. 위험하지 않니, 차라리 차를 사, 너도 벌써 스물여섯 살 아니니, 애들처럼 웬 스쿠터, 그래도 살 거면 조심해서 타, 등등 진부하기 짝이 없는 코멘트를 해주었다.

그리고 한참 동안 J와 연락하지 못했다. 회사에서 내 상황이 별로 좋지 않아서 몹시 억울해 하던 시기였다. 객관적인 상황 파악은 둘째 치고, 주관적으로 속이 많이 시끄러웠다.

처음으로 드라마PD라는 직업에 회의를 느끼기도 했다. 밥도 잘 못 먹고 잠도 잘 못 잤다. 다른 사람을 돌아볼 마음의 여유가 전혀 없었다. 걸려오는 전화를 받기도 힘에 부친다고 느꼈다.

이제 와 생각건대 아마도 우울증이 아니었을까? 그때, J의 전화가 걸려왔다. 받을까 말까 잠깐 망설였다. 내가 지금 어린 너랑 노닥거릴 기분이 아니다, 싶었다. 내 상태는 최악이었으니까.

"누나, 지금 어디야?"

"집."

"알았어."

전화가 끊겼다. (앤 뭐야.)

그리고 30분쯤 지나자 다시 전화가 걸려왔다. (이건 또 뭐야.)

"지금 누나 집 앞이야. 내려와."

그 아이가 있었다. 스쿠터를 옆에 세워 두고.

"타!"

"뭐?"

"나 밥 못 먹었어. 밥 먹으러 가자. 타, 빨리!"

그리하여 얼떨결에 스쿠터 뒤에 올라탔다.

스쿠터 따위, 정말 탈 상태가 아니었다. 밥도 잘 못 먹고 잠도 잘 못 잤다니까! 스쿠터는 무슨!

스쿠터가 달리기 시작하자 정신이 들었다. 시원한 바람이 불어왔다. 답답하고 억울했던 마음을 싹 뚫어 주는 통쾌한 바람.

스쿠터 타는 일이 이렇게 멋진 일이었나. 자기 멋에 겨운 철부지들의 장난감이 아니었잖아.

바람을 맞으며 내가 물었다. (그제야.)

"어디 가는데?"

"나 고기 먹고 싶어! 고기 사 줘!"

결국 나는 J의 스쿠터를 함께 타고 강남대로를 달린 후 고기를 먹었다. 고기를 구우면서 알았다. J가 지금, 꼭, 여기서 고기를 먹을 필요는 없었다는 것을.

그 아이는 실의에 빠진 나에게 바깥의 바람과, 힘을 내게 하는 에너지원을 주고 싶었던 것이다. 그것도, 아주 사려 깊은 방식으로. 생색내지 않고, 그냥 어깨를 툭, 쳐주는 느낌으로, '그래도 고기 맛이 꽤 괜찮지 않아? 세상의 바람이 시원하지 않아?' 이렇게 씩 웃어 주는 느낌으로.

아, 나는 너무 J를 편협하게 보아왔던 것이다. 단순히 나보다 어리다는 이유로 세상물정 모르는 철부지라 생각했다. 그런데 내 앞에서 고기를 굽는 그는, 속 깊고 배려심 많은 어른이었다. 그의 스쿠터는 철부지의 장난감이 아니라, 세상을 달리는 도구였다.

식당에서 나온 J는 '잠깐만' 하더니 편의점에 들어가서 담배를 샀다. J가 담배를 피우는 줄 처음 알았다. 그렇지, 얘가 담배를 피워도 되는 나이였지, 새삼스레 생각했다.

내 앞에서 담배를 피우는 그 아이는 이전과 다른 사람이었다. 그 아이의 다른 면을 보게 됨으로써, 우리 사이는 훨씬 재미있고 감동적이고 풍요로워졌다.

어느 순간 내가 사람들을 틀에 박힌 사고로 판단하고 있다는 것을 느낄 때, 나는 종종 J와 그의 스쿠터를 떠올린다. 스쿠터 뒤에 어정쩡하게 앉아 강남대로를 지났을 내 뒷모습도 그려 본다.

누군가의 새로운 면을 알게 되는 것, 그 다른 모습과 함께 하는 것이 얼마나 좋은 기억이었는지.

그러니 나도, 당신도, 어느 밤 우연히 들른 바에서 화려한 조명
아래 탱고를 추는 뒷모습이 바로 그 남자라는 것을 알아볼 수 있기
를, 그리하여 함께 그 남자의 탱고를 즐길 수 있기를.

책 버리기 & 커피 끊기

그때, 만신창이가 된 몸을 이끌고 한의원을 찾았을 때, 한의사 선생님은 나긋하게 경고하셨다.

"당신에게 커피와 밀가루는 독과 같습니다."

이에 나는 숨도 쉬지 않고 대답했다.

"밀가루는 노력해 보겠어요. 그러나 커피는 안 되겠어요. 커피 없이는 살 수가 없어요."

한의사 선생님은 의외로 담담하게 반응하셨다. 나처럼 커피에 대한 신앙을 가진 사람 몇이 이미 스쳐 갔을지도 모를 일이었다.

"그럼 마셔요. 스트레스 받는 것보다는 나으니까요. 대신 설탕이나 프림 없이 드세요. 믹스커피는 안 돼요."

사실 그때 (어쩌면 내 건강을 해칠지도 모른다는) 커피를 '사수'하는 나 자신이 조금 멋지다고 느꼈다.

난, 커피 없이 살 수 없다고 말하는 세련되고 당당한 도시의 커리어우먼이야.

〈섹스 앤 더 시티〉나 〈악마는 프라다를 입는다〉에 나오는 그녀들처럼, 유명커피회사의 로고가 새겨진 테이크아웃 커피잔을 들고 어깨 쭉 펴고 여의도를 걷는 나. 믹스커피를 마시지 않는 것은 어렵지 않았다. 그것은 그저 잠을 쫓기 위한 아저씨들의 필수품이었으니까. 어차피 내 손에 들려 있는 것은 이름만 들으면 알 만한 시크한 그녀들의 브랜드 커피였으니까.

가끔 커피값이 너무 비싸다고 돈이 아깝지 않느냐고 말하는 사람들도 있었다. 하지만 나는 단호했다.

'난 나름대로 열심히 살고 있다구, 이 정도 커피는 마실 자격이 있지 않아? 내가 비싼 옷이나 가방을 마구 사 지르는 것도 아니고, 술담배를 하는 것도 아닌데.'

무엇보다도 커피는 내 가장 친한 친구였다. 하는 일이 잘 안 풀릴 때, 불현듯 외롭다 느낄 때, 커피는 늘 나와 함께 있었다. 뜨겁고 진한 향은 상처 난 내 가슴을 어루만져 주었다.

그래, 이렇게 힘들지만, 아직 나는 괜찮구나, 이렇게 맛난 커피를 마실 수 있으니.

물론 커피가 늘 나에게 호의적인 것은 아니었다. 연이어 커피를 들이켠 날엔 속이 쓰리고, 밤잠을 못 이루고, 얼굴이 푸석해지고 뾰루지가 올라오고, 가끔은 갑작스럽게 배를 움켜쥐고 화장실로 달려가야만 했으니까.

　친구가 유학을 떠난다는 소식이 들려왔다. 다니던 회사에서 인정을 못 받은 것도 아닌데, 과감하게 사표를 던지고 새로 시작하기로 했다고 했다. 서른 하나, 원점에서 다시 시작한다는 것이 두려울 만한, 결코 이르다고는 할 수 없는 나이였다.

　떠나기 전에 그녀는 가지고 있던 모든 책을 처분하는, 이른바 '책 버리기 프로젝트'를 벌였다. 누구보다 책욕심이 많은 그녀였기 때문에 그 프로젝트는 양적으로나 질적으로나 꽤 방대했다.

　그녀는 '버리기'의 철학을 이미 꿰뚫고 있는 듯했다. 시작하기 위해서는 버려야 한다는 것, 새로운 것을 얻기 위해서는 기존에 가지고 있던 집착을 놓아야 한다는 것.

　그 나이에, 현명하기도 하지.

　그녀는 그 당시 자신이 가지고 있는 거의 모든 책을 버리기로 결심하면서, 버릴 책들의 목록을 자신의 블로그에 올렸다. 버리기 전에 혹시 필요로 하는 사람들이 있다면 주겠다는 것이다, 물론 공짜로. 책을 필요로 하는 사람들이 생각보다 많았기 때문에, 프로젝트가 끝난 후 결산해 보니 진짜로 '버린' 책은 별로 없었다는 후문.

　블로그에 오른 책 목록을 보면서, 새삼 그 친구에 대해 조금 더 많이 알게 된 기분이 들었다. '얘는 이런 책들을 사서 읽고 책꽂이에 꽂아 두었구나' 하고. 나도 댓글을 달아 책 세 권을 신청했다. 심리학을 요리에 빗대어 설명한 책과 소설 그리고 산문집이었다.

그녀가 비행기를 타기 전, 함께 밥을 먹었다. 그때 내가 신청한 세 권의 책을 받았다. 책장 앞에서 많이 고민했다고 했다. 누구보다 책을 좋아하는 그녀였으니 당연했을 터였다.

그런데 막상 '버리기'로 결심하고 나니 마음이 편해졌다고 했다. 필요한 사람들에게 책을 나누어 주면서 보람도 느꼈다고 했다. 아까울 것 같았는데, 참 홀가분하다 했다.

멋있었다. 나는 그녀가 부러웠다.

나로 말하자면 뭘 그렇게 버려 본 적이 없는 종류의 인간이었다. 아니, 그 반대였다. 쿨하고 싶어하면서도 온갖 감정을 질질거리며 끌고 다니는 미련 많은 인간이었다. 그녀는 떠나면서 말해 주었다.

물건을 버리지 못하는 게 아니라, 물건에 스며들어 있는 감정, 기억, 이미지 같은 것에 집착하는 거라고.

그 말은 사실이었다. 그때 나는 헤어진 남자친구가 선물했던 휴대폰을 계속 쓰고 있었다. '그건 그냥 물건이니까'라고 생각했다. '굳이 생돈 들여 새 휴대폰 살 필요가 뭐 있어'라고 생각했다.

그런데 아니었다. 그 휴대폰은 '그냥 물건'이 아니었다. 헤어진 남자에 대한 집착, 혹시 다시 돌아올지도 모른다는 미련이었다. 휴대폰은 지갑과 함께 가장 손에 많이 쥐고 다니는 소지품 중 하나다. 그 남자가 선물했던 휴대폰을 볼 때마다 나도 모르게 그 남자가 떠올랐다.

그녀가 떠난 뒤, 나는 새 휴대폰을 샀다. 가장 싼 모델이었지만, 그래도 좋았다. 이제 나는 진짜로 그 남자를 버리는 것이었다. 이미 끝나 버린 연애에 대한 미련도 집착도 함께 날려 버리는 것이었다. 단지 기분인지는 모르겠지만, 진정 그로부터 벗어난 느낌이었다. 새로운 사랑을 시작할 수 있다는 자신감도 생겼다.

휴대폰을 버려도 추억은 남았다. 기억하고 싶은 추억은 어차피 내 안에 있는 것이고, 싫거나 생각나지 않는 추억을 굳이 왜 서랍 안에 악착같이 갖고 있어야 한다는 말인가?

커피를 끊는 것이, 책을 버리거나 휴대폰을 바꾸는 것과 동일한 의미라고는 생각하지 않았었다.

나는 그냥 커피를 사랑하는 세련된 여인이었을 뿐.

일이 바쁘고 스트레스가 올라갈수록 마시는 커피 양이 늘어났다. 자주 속이 불편했지만, 매일 커피를 마셨다. 언제부턴가 커피가 맛있어서 커피타임이 즐거워서 마신다기보다는, 안 마시면 불안해서 마시기 시작했다. 심각한 흡연자나 알코올 중독자처럼, 나는 커피에 집착하고 있었던 것이다. 커피가 나의 일부가 되어 버린 것 같아서, 커피 없는 내 삶은 감히 상상도 하지 못했다.

그러던 어느 날이었다. 오래간만에 아는 언니와 수다를 떨던 중에, 우연히, 갑자기, 일어난 일.

"너 피곤해 보인다."

"아유, 죽겠어요. 쉬어도 쉰 것 같지도 않고, 이런 게 만성피론지……."

"커피를 끊어 봐."

언니는 아무렇지도 않게 말했다. 정말 하찮고 사소하고 쉬운 일에 대해 이야기하듯.

커피를 끊어 봐.

언니의 말은 내 귓가에 메아리처럼 울렸다.

커피를 끊어 봐. 커피를 끊어 봐. 커피를 끊어 봐…….

그 순간 나는 커피를 향한 집착에서 놓여났다. 아무렇지도 않게 툭, 내뱉었던 언니의 말투 덕분이었을까. '아, 커피를 끊을 수도 있는 거였지'라는 생각이 들었다.

왜 나는 커피는 도저히 끊을 수 없는 것이라 생각하고 있었을까.

그 갑작스런 깨달음에 온 용기를 그러모아, 나는 간신히 결심했다.

그래, 오늘 하루만 커피를 끊어 보지, 뭐.

결과를 말씀드리자면, 그날부터 나는 두어 달 동안 커피를 끊었다. 커피를 끊고도 나는 죽지 않았고, 커피를 끊어도 나는 여전히 세련되고 능력 있는 도시의 커리어우먼일 수 있다는 것을 알았다.

나의 이미지는 나에게 있는 것이지, 내가 들고 있는 커피에 있는 것이 아니었다. 얼굴에 올라오던 뽀루지가 줄었고, 시끄럽던 속도 많이 편안해졌다. 커피가 없어도 내 삶이 별반 달라질 것이 없음이 희한했다.

　요즘도 나는 하루에 한 잔 정도의 커피를 마신다. 예전과 달라진 점이 있다면, 언제든지, 내가 마음만 먹으면 커피를 끊을 수 있다는 사실을 알게 되었다는 것이다. 집착에서 놓여나니, 커피를 더 즐길 수 있게 되었다.
　'무엇' 없이도 살 수 있다는 것을 알게 되면 그것과 함께 더 행복할 수 있는 법이다. 그러므로 지금 집착하고 있는 무언가가 있다면, 잠시 그것에서 벗어나 보는 게 어떨는지.
　꽉 쥔 손을 풀었을 때의 해방감을 만끽하면서, 손은 언제든지 다시 쥘 수 있으니까.

진심으로 용서하기
증오는 내 거울

 누군가를 진심으로 용서해 본 경험이 있는지?

 여기에 흔쾌하게 '예스'라고 대답할 수 있는 사람이 있다면, 아마 그 사람은 상위 1%에 속하는 인격자라 보아도 무리가 없을 것이다. 다른 면에서도 마찬가지지만 특히 인품의 측면에서 보자면 딱 대한민국 보통 인간이라 자부하는 나는, 진심으로 행했던 용서의 기억이 잘 떠오르지 않을 만큼 가물가물하다.

 오히려 떠오르는 것은 누군가를 진심으로 미워했던 기억들이다. 누군가를 미워하는 것은 왜 항상 진심인지, 살면서 미워할 사람들은 왜 이렇게도 끊이질 않는 건지, 늘 허약한 나의 내공을 탓하게 된다. 예수님은 원수까지 사랑하라고, 이웃을 내 몸 같이 여기라고 역설하셨건만, 원수는커녕 나와 닮은 참으로 평균적인 주변인들을 사랑하는 일도 보통 어려운 일이 아니다.

가장 고통스러운 것은 누군가가 '이유 없이' 싫을 때다.

우리는 여태까지 '인간을 사랑하는 것'은 좋은 것, '인간을 싫어하는 것'은 나쁜 것으로 교육받지 않았던가. 그래서 누군가가 싫어지면, (게다가 '배운 여자'인) 나의 지성, 양심, 무의식적으로 주입받아 온 내면화된 규범 등이 일제히 머릿속에서 발호하여 나를 괴롭힌다.

싫어해서는 안 되는 거 아냐?

사람을 증오하는 것은 옳지 않은 거 아냐?

스스로 납득할 만한 이유가 없을 때는 정말 말할 것도 없다. 이미 싫은 감정은 목까지 차올랐는데, 그 사람이 왜 싫은지 나 자신도 이해할 수 없다니, 이건 정말 미치고 팔짝 뛸 일이다.

대학시절, 나는 선배 언니 하나가 그렇게 싫을 수가 없었다. 언니가 나한테 돈을 훔쳐간 것도 아니고, 욕을 한 것도 아닌데, 왜 그 언니가 그렇게 싫은지, 도무지 이해할 수가 없었다.

같은 공간에 있기만 해도 싫고, 목소리도 싫고, 얼굴 생긴 것도 싫고, 옷 입는 스타일도 싫고, 무표정하면 무표정해서 싫고, 웃으면 웃어서 싫었다.

내가 그 언니를 싫어할 이유를 찾지 못하는 것도 괴로웠지만, 그럼에도 불구하고 싫은 감정이 너무나 강렬해서 더욱 괴로웠다. 동시에, 그래서는 안 된다는, 감정을 억압해야 한다는—이 감정은 부당하므로— 지성(!)과 양심(?)의 명령도 더욱 강력해졌다.

　시시때때로 솟구치는 증오감과 그에 수반되는 자책감에 나는 거의 그로기 상태에 빠졌다. 표면적인 삶은 평화롭게 잘 돌아가고 있었지만, 나의 내면에서는 엄청난 전쟁이 벌어지고 있었던 것이다. 포탄이 날아다니고, 탱크가 건물을 부수고, 시끄러운 총성에 귀가 떨어져나갈 듯했다. 폐허였다. 증오가 인간을 얼마나 피폐하게 하는지 실감했다.

　나는 만신창이가 된 속을 끌어안은 채 100원짜리 자판기 커피를 하나 뽑아들고는 사회대 2층의 여학생 휴게실로 들어갔다. 그곳에서 S언니가 책을 읽고 있었다. S언니는 나와 다른 과였지만 서로 알고 지내는 사이였다. 사회대는 여학생들이 많지 않아서 웬만하면 어느 정도 가까워지게 마련이었다. 게다가 S언니는 서글서글하고 편안한 성품 덕에 따르는 여자 후배들이 많았다.

　아마 휴게실 문을 열고 들어오는 내 얼굴이 급체한 사람처럼 누런 빛이었던 모양이다. 언니는 먼저 내 안부를 물어 주었다. 그렇게 감정으로 꽉 막힌 상태에서 인간은, 누군가의 따뜻한 말 한마디에 바로 무장해제가 되는 법이다.

　나는 털어놓았다. 누군가가 너무 싫은데, 그 이유를 나도 알 수 없어 괴롭다고. 얼마나 싫냐면 그 사람과 같은 공간에서 같은 공기를 마시는 것조차 싫을 지경이라고.

　가만히 내 이야기를 듣던 S언니가 말했다.

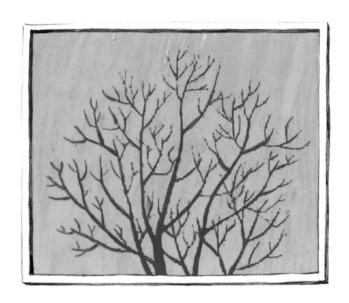

"그냥 인정해 버려. 아, 나는 저 사람을 싫어하는구나. 이렇게."

그것은, 실로 놀라운, 일종의 코페르니쿠스적 전환이었다.

꼭 이유가 있어야 하는 것은 아니구나. 그냥 나는 저 사람이 싫은가 보다, 인정하면 되는 거구나. 내 안에 이유도 없이 누군가를 싫어하는 부조리함과 불공정함이 존재하고 있다는 것을, 다른 모든 사람과 마찬가지로 나 역시 완벽한 인간이 아니라는 것을, 받아들일 수도 있는 거구나.

화르르, 불꽃처럼 솟구치던 분노가 사그라들었다. 물론 완전히 없어지지는 않았다. 완전히 없어지기엔, 내 내공이 한참 모자랐으리라. 그 언니에 대한 혐오가 완전히 사라지기까지는 대학 졸업 이후에도 꽤 오랜 시간이 필요했다.

거의 10년의 시간이 흐른 뒤 우연한 동창모임에서 '준 것 없이 미웠던' 그 언니의 모습을 발견한 순간, 나는 그 증오감이 완전히 나에게서 떠나갔음을 알았다. 오래간만에 본 언니는 여전히 예쁘고 여성스러웠다. 한 번도 인정하지 못했었다. 그녀가 예쁘고 참하다는 걸.

그날 비로소 그녀의 예쁘고 참한 모습이 별다른 감정 없이 내 안에 들어온 것이다. 그때 나는 깨달았다. 그 싫은 감정은, 어쩌면 언니가 아니라, 나 자신을 향한 것이었음을.

그 언니는 예뻤고, 부잣집 딸이었고, 공부도 잘했고, 무엇보다 여성스럽고 참해서 남자들한테 인기가 많았다. 그리고 아마도 나는, 내 안 깊은 곳에서는, 인정하기 힘들지만, 그녀처럼 되고 싶었던 것이 아닐까 싶다. 동시에, 겉으로는 아무렇지도 않은 척했지만, 나는 예쁘지도 않고, 부자도 아니고, 여성스럽고 참하지도 않아서 '남자들에게 인기가 없으면 어떡하지' 하는 두려움이 있었던 것이다.

즉 언니가 그토록 싫었던 그 시기, 그때 사실 나는 나 자신이 그토록 싫었던 것이다. 내가 갖지 못한, 그리고 내가 갖고 싶은 것을 다 가진 사람……. 그래서 그 분노는 질투의 다른 이름이었을까. 예쁘지도, 참하지도, 부유하지도, 그런 사람 특유의 편안함과 여유를 갖고 있지 않은 나에 대한 부정.

그런 의미에서, 내가 너무 싫어하는 누군가는 바로 나의 거울이었다. 거울처럼, 진짜 내 생각을 비춰 주는 사람.

먼발치에서 '준 것 없이 미웠던' 그 언니를 보면서, 나는 그녀를 용서했음을 알았다. 그 용서는 그녀가 나에게 저지른 잘못을 내가 사하여 준 것이 아니었다. 그녀는 나에게 잘못한 것이 없으니까.

용서는, 나 자신과의 화해였다. 내 안의 후진 나를 껴안아 준 것이다. 나는 그 납득할 수 없던 감정이 내 안의 열등감과 질투, 찌질함과 비겁함의 결과였음을 깨달았고, 내 안에 존재하는 그 못난 감정들을 인정했다. 그리고 '그래도 괜찮다'고 생각했다.

인간은, 불완전한 존재니까. 내 안에 찌질함이 있었어, 그래도 괜찮아, 그럴 수도 있지 뭐. 마음속에 못난이 하나쯤 없다면, 그게 뭐 사람이야? 하고.

그러므로 누군가가 못 견디게 싫어진다면, 특히나 그 미움에 이유가 없다면, 나 자신을 한번 돌아보는 게 좋을 듯하다. 그 사람이 거울처럼, 진짜 내 모습을 투영하고 있는 것을 보게 될 것이다.

그 이유 없는 증오와 직면하고, 그 뒤에 숨은 내 진짜 감정을 읽어 냈을 때 알 수 있다. 사실은 모든 것이 나 자신에 대한 문제임을, 모든 문제의 해결은 나 자신과의 화해임을. 그러고 나면, 용서할 수 있을 것이다. 그 사람이 아니라, 내 안의 못난 나를.

못남이 나의 일부임을 받아들이는 순간, 훨씬 더 너그러워지는 자신을 발견할 테니. 나 자신에 대해 더 알아 갈수록, 지금 내 모습을 있는 그대로 더 사랑하게 될수록, 타인을 용서하기가 더 쉬워질 것이다.

그 포옹의 의미

뒤에서 내 이름을 부르는 소리가 들렸다. 돌아보니, 그가 있었다. 헤어질 당시의 구질구질한 비난에도 불구하고, 여전히 매력적인 모습으로. 나의 옛 남자친구였다.

나도 모르게, 내가 웃었던가.

그가 성큼성큼 다가와 나를 안았다.

예전과는 다른, 친구처럼 편안한 허그.

"연락 좀 하고 살자."

미안한 눈빛으로 겸연쩍게 그가 웃었다.

"너…… 지웠지?"

내 손에 쥐고 있던 휴대폰을 가져가 자기 번호를 저장해 주려는 그에게서 다시 휴대폰을 빼앗았다.

어떻게 지운 번호인데, 진짜 잊겠다는 각오로 힘겹게 지운 번호인데. 그걸 무無로 돌릴 수는 없지, 그렇고말고, 암.

그에게 물어보았다. '휴대폰을 빼앗긴 그의 손이 무안할까 봐'라고 마음 속 핑계를 대면서.

"옛날 번호 그대로야?"

"응."

헤어진 이래 그에게서 온 몇 번의 전화를 안 받은 것도, 두어 번의 문자를 무시한 것도 사실. 그런데 더 당혹스러운 것은, 그 순간 몇 년 전에 휴대폰에서 사라진 그의 전화번호가 내 머릿속에 너무 생생하게 떠올라 버렸다는 사실.

설렜다가 증오했다가 기다렸다가 참담했다가, 지독했던 감정의 파도타기로 나를 밀어넣었던 그 숫자들은 어쩌면 감정으로 각인되었기 때문에, 기계 속에서는 사라졌어도 내 몸은 기억하고 있는 거겠지.

"연락할게."

멀어져 가는 그의 뒷모습을 보면서 생각해 보았다.

다시 그에게 전화를 걸 날이 올까…….

나는 그에게 전화를 걸지 않았다. 선물로 받은 목걸이까지 돌려주며, 깔끔하게도 정리한 관계였기 때문에. 그가 나에게 했던 말이나 행동들에서 궁금한 것이 남아 있지 않았기 때문에. 한 치의 미련도 남지 않고, 우리의 인연은 여기까지라고 마무리된 사이. 그래서 그 우연한 만남 앞에서 우리는 편하게 웃을 수 있었을 것이다.

그러나 모든 기억 속 감정이 그렇게 질서정연한 것은 아니다.

미련이 남아서, 기억 안의 파편에 의존하여 자꾸 떠올리게 되는 관계도 있다. 시간이 흘러도, 관계는 끝났어도, 여전히 궁금해지는 그 무엇이 남는 사이.

그 남자가, 꼭 그랬다.

연애가 끝난 뒤에도 한참 동안 얼굴을 보았던 남자였다. 이제 우리는 더 이상 애인이 아니었지만 여전히 많은 것을 공유하고 있었고, 그래서 가끔은 내가 '여자친구로서의 권리'를 주장해도 될 것처럼 착각하게 만드는 사이였다. 그래도 시간이 흘러 점점 만남은 뜸해지고, 만남 사이의 간격이 멀어지던 때였다.

우리의 마지막 만남은 여러 사람들과 섞여 떠들고 마셨던 술자리였다. 그는 함께 택시를 타고 나를 집까지 바래다주었고, 헤어지기 전 나를 한번 안아 주었다. 그 포옹이, 여전히 연애라는 관계 속으로 우리가 다시 들어갈 수 있음을 의미하는 것인지, 아니면 연애를 청산한 우리 사이에 대한 친근한 마무리로서의 허그였는지, 나는 알 수 없었다. 어쩌면 알고 싶지 않았을 수도 있다. 그는 택시를 타고 떠났다. 그리고 우리는 정말 오랫동안 만나지 못했다.

당연하게도 나는 그날 이후로도 자주 바빴다. 그것은, 그를 그리 자주 떠올리지는 않았다는 뜻이다. 그가 그리워서 몸부림친 적도,

잠을 설친 적도 없었다. 그런데 이상한 것은, 가끔, 아주 가끔 머릿속에 그의 마지막 포옹이 떠오르면, 궁금했다. 왜 당신은 그날 나를 안았냐고. 그 뜻은 무엇이었냐고. 시작이었냐고, 끝이었냐고. 나는 기대했어야 했냐고, 포기했어야 했냐고. 오버일 수도 있다고 생각했지만, 혹시 그것은, 사랑의 다른 표현이었냐고.

어쩌면 내 마음에, 아주 조금이었지만, 그와의 사랑에 대한 미련이나, 새로 시작할 수 있을 가능성에 대한 기대가 있었기에. 그리고 항상, 나는 (그리고 우리 모두는) 외로운 인간이니까.

그래서 그날의 포옹은 수시로 각색되었다. 내 마음이 평화로울 때는 그저 친구 같은 허그였다가, 내 마음이 외로울 때는 연애의 여지를 준 로맨틱한 순간이었다. 덕분에, 그는 내 인생에서 사라진 지 몇 년이 지나도, 연애가 시작하고 싶어지면 그 존재감을 드러내는, 기묘한 존재가 되었다.

마침내, 나는 결심했다. 이 불확실함, 한 번 정도는 짚고 넘어가야겠다고. 이 이상한 미련이라니, 얼마나 미련한가. 오래간만에 만난 후배로부터, 그의 바뀐 전화번호를 받아들었다. 하나하나, 숫자를 누르면서 조금 떨렸음을 고백한다. 낯익은 그의 목소리가 수화기로 흘러나왔을 때, 나는 내가 궁금했던 문제의 답을 들었다.

그는 매순간 나에게 진실했으며, 그러므로 그날 그의 포옹조차도 딱 그만큼만의 진실이었다는 것. 평소 담백했던 그의 성격답게, 어떤 미련이나 말해지지 않은 의도 같은 것은 없었다는 것. 그러니까, 딱 그만큼의, 친구 같은 허그였다는 것. 그 모든 것을 나는, "어! 웬일이야?"라는 그의 첫마디를 듣고 딱 알았다. 전혀 떨림이 없는 그 말투, 마치 오래전 친구를 대하듯 편안했던 그 말투 덕분에.

그래서 묻지 않았다. 답을 알았으므로, '그날 왜 나를 안았니?' 따위의 구차한 질문 같은 건 할 필요가 없었다. 그저 잘 지내냐고, 나는 잘 지낸다고, 그냥 한번 해봤다고, 잘 지내라고.

이제, 더 이상의 미련은 없었다. 그는 완벽하게 과거가 되었다.

미국 드라마 〈섹스 앤 더 시티〉에서도 비슷한 내용을 담은 에피소드가 하나 있다. 미란다는 함께 마라톤을 뛰는 남자에게 호감을 느낀다. 그리고 그 남자도 미란다에게 끌리는 것이 분명해 보인다.

마침내 미란다와 남자는 데이트를 하고 한껏 기분이 좋아진 미란다가 남자에게 다가갈 때, 갑자기 남자는 미란다를 밀어낸다. 얼굴이 굳더니 다른 핑계를 대고 그 자리를 떠나 버린 것이다.

미란다는 그 이유를 알 수 없어 내내 애를 태우다가, 마침내 진실을 대면하기로 한다. 그에게 다가가 직접 물어본 것이다. 그날, 왜 그랬던 거냐고. 남자의 대답은 다음과 같았다.

모르겠어요, 단지 그날 당신이 너무 자신감에 차 보여서……

그리고 미란다의 황당한 표정.

당장은 불쾌했지만, 미란다는 그 남자로부터 자유로워졌다. 더 이상, 마음에도 없는 남자 때문에 고민하며 밤을 새울 일은 없을 것이다. 불필요한 미련 따위에 시간낭비하지 않고, 새롭게 시작할 관계에 올인할 수 있을 것이다.

그러니, 아주 가끔이더라도, 아주 미약하더라도, 가슴속에 때때로 고개를 쳐드는 의문이 있다면, 옛 남자친구에게 전화를 걸어 보는 게 어떨까? 그때 너의 말은 무슨 뜻이었냐고, 그때 너의 눈빛에서 내가 읽은 감정이 맞는 거냐고, 그때 네가 원했던 것은 진정 무엇이었냐고, 그냥 물어보라.

그리고 진실과 대면하라.

당장은 기분이 나빠질 수 있겠지만, 진실은 우리를 자유롭게 만든다. 우리는 과거에 연연하지 않고, 쓸데없는 미련 따위에 시간낭비하지 않고, 시원하게 털고 다시 시작할 수 있을 테니.

내 몸에 딱 맞는 몸무게 유지하기
살을 그냥 놓아 두자

자기에게 딱 맞는 몸무게가 있다.

나의 경우는 그게 52킬로그램인 것 같다. 몸무게가 그 정도일 때 남들한테도 '좋아 보인다'라는 소리를 듣고, 나 스스로도 가장 몸이 가볍고 건강하다 느낀다.

나의 적정 몸무게를 알게 된 지는 얼마 되지 않았다. 그걸 알기 위해서, 서른이 넘어서까지 이런저런 시행착오와 좌절을 겪어야 했다. 현재는 적정 몸무게에 약간 미달한 상태라서, 만나는 사람마다 '왜 이렇게 살이 빠졌냐?', '어디 아프냐?'는 소리를 해대는 바람에, 스트레스를 받는 중이다.

한 선배는 얼마 전 '불쌍해 보인다'라는 말로도 모자라 '빈貧해 보인다'라는 결정적 한 방을 날림으로써 나를 충격의 도가니로 몰아넣었다.

사실, 운동을 좀 게을리하긴 했다. 아침에 일어나는 몸이 점점 더 무겁다 싶기도 했다. (몸무게가 모자라다고 몸이 더 가벼워지는 것은 아니라는 증거!) 덕분에 새로 이사 가는 집 근처의 구민체육센터에 등록을 하기로 마음을 굳혔다. 부족한 몸무게만큼 근력이 필요하다는 것, 알고 있었으니까.

몸무게로 고민해 보지 않은 여자가 있을까?

아마 없을 것이다. 대한민국에서, 여자가, 몸무게로 고민하지 않기란, 쉽지 않다, 정말.

주변에는 왜 그렇게 눈썰미 좋은 분들이 많으신지. 바지 단추가 힘겹게 잠긴 날에는 어김없이 '너 좀 찐 것 같다'나 그것의 은유적 표현인 '부은 것 같다'는 말을 듣게 되니 말이다.

대학을 들어가기 전까지 나는 상당히 마른 체형의 소유자였다. 가, 나, 다, 라, 마로 구분하는 이른바 '신체충실지수'('다'를 정상으로 보고, '가'는 아주 마른 편, '나'는 약간 마른 편, '라'는 약간 뚱뚱한 편, '마'는 많이 뚱뚱한 편 – 이런 식으로 구분을 한다. 지금도 하는지는 잘 모르겠네.)에서 항상 '가'와 '나' 사이를 왔다 갔다 했으니까.

그래서 살이 찐 내 모습을 상상하지 못하겠다는 지인이 많은데, 의외로 나에게도 살 때문에 고민하던 시절이 있었을 뿐만 아니라, 꽤 길기까지 했다는 사실.

정확하게 기억한다. 나의 모든 신체적·정신적 문제들이 응축되어 터져나오기 시작했던 그때, 스물두 살.

서서히 살이 찌기 시작했다. 처음에는 부정했다. 이건 일시적인 거야. 잠깐 부은 거야. 생리 전이라서 그래. 생리 중이라서 그래. 생리가 막 끝나서. 이런 식으로.

하루하루 입던 청바지의 치수가 늘어나고, 마침내 몇 달이 흘러 내가 살이 쪘다는 사실을 부정할 수 없을 정도로 몸무게가 위쪽에 안착하자, 공포가 밀려왔다.

이건 내가 아니야. 나는 먹는 것도 통제할 수 없는 무절제한 사람이 아니야. 충분히, 남들만큼 먹어도 신체충실지수 '가'와 '나' 사이에 머물렀던 나잖아.

스무 해 넘게 살아오면서 한 번도 살과의 전쟁을 벌여본 적이 없는 나는, 어떻게 이 상황을 받아들이고 대처해야 할지 알지 못했다. 그래서 내가 택한 방법은……

무조건 굶는 것이었다.

당시 학교 자판기 커피는 100원이었다. 나는 과감하게 자판기 커피 메뉴를 블랙으로 바꿨다. 엄마가 차려 주는 아침을 거부하고 일찌감치 학교에 나와 100원을 투입구에 넣고 자판기 커피를 뽑았다. 블랙커피는 쓴 맛과 탄 맛이 강하게 났다. 빈속을 커피가 훑고 갈 때 '이건 아닌데'라는 자책이 몰아쳤지만 모른 척했다.

점심은 굶었다. 누구라도 같이 밥 먹으러 가자고 할까 봐 여학생 휴게실로 숨어들었다. 그러면 어느새 어스름한 저녁이 왔다. 저녁 약속은 피할 수 없었다. 이런저런 소모임들도 있었고, 술자리도 잦았다. 그런 자리에서까지 숨을 수는 없었다. 겉으로는, 나는 '당당한 그녀'였다. 당당하고 자존심으로 똘똘 뭉친, 후배들에게 때로 '멋있다'는 소리도 듣고, 웬만한 정치사회의식도 갖춘, 괜찮은 여자였다. 겉으로는, 겉으로는 그랬다는 거다.

저녁이 되면, 하루 종일 굶은 몸에 맹렬한 식욕이 몰아쳤다. 한 그릇으로 자제하는 것이 쉽지 않았다. 나는 머리를 굴렸다.

'인간은 하루 세 끼를 먹는 동물이야, 나는 하루 한 끼만 먹으니, 하루 두 끼만큼의 살이 쭉쭉 빠져야 하는 것 아냐?'

간단한 산수였다. 그리고 나는 틀렸다. 먹는 것이 없이도 몸무게가 불어나기 시작했다. 나중에 책에서 보기를, 제대로 챙겨먹지 않으면 몸이 일종의 '비상사태'를 선포하여, 그때부터 들어오는 음식물은 모조리 몸에 저장한다고 했다.

블랙커피, 저녁 한 끼의 식사, 게다가 술까지 마셨으니. 내 몸은 점점 더 허약하고 살이 잘 찌는 체질로 변해 갔다. 먹지 않아도 살은 찐다. 놀라운 인체의 신비였다.

그 전쟁을 몇 달 동안 치렀으니, 그 사이 얼마나 몸이 망가졌을지, 안 봐도 알 일이다. 아침이면 몸이 천근만근이었다. 나는 불과 스물두 살이었는데. 고집스레 블랙커피를 들이키면서, 빈속에 소주를 들이키면서, 밥 한 숟가락에 전전긍긍해 하며, 나는 내 몸무게의 최고치를 연일 경신해 갔다. 내 안의 자기존중감도 나락으로,

바닥으로, 연일 최저치를 경신해 갔다.

　그러다 불현듯 이런 생각이 들었다.
　'나 이러다 죽을지도 몰라.'
　그랬다. 지금의 나를 인정하지 않는다면, 정말 나는 이대로 죽을지도 모른다는 절박감이 들었다. 포기할 때가 온 것이다, 몸무게와의 싸움을, 살과의 전쟁을.
　애써 나는 생각했다, 나무 의자 위에 앉아, 청바지를 뚫을 듯 팽팽하게 부풀어오른 허벅지를 보면서.
　'그래, 이게 지금 나의 허벅지야. 어쩔 수 없잖아? 뱃살 덕에 옷에 갇힌 듯 허리가 갑갑하지만, 그게 지금 내가 느끼는 진짜 느낌이잖아. 그러니, 지금의 나를 사랑까지는 못 하더라도, 미워하지는 않도록 노력해 보자.'
　싸움은 끝났다. 처참한 패배였다. 남은 것은, 몸 곳곳의 군살, 현격하게 약해진 위장, 푸석푸석해진 피부뿐이었지만. 그래도 1년여에 걸친 전쟁은 끝났고, 뚱뚱해진 나는 다행히 그래도 나였다.(살과의 전쟁 중에 나는 끊임없이 나 자신에게 물어야 했다. 날씬해도 나고, 뚱뚱해도 나라면, 살은 '나'를 규정하는 것이 아니잖아?)

　놀라운 것은, 싸움을 멈춘 뒤의 결과였다.
　'뚱뚱해도 나는 나야'를 받아들인 날부터— 하루 세 끼를 먹고, 블랙커피를 줄이고, 숨이 턱 끝까지 차오르지 않아도 되는, 지금의 나에게 맞는 치수의 바지를 산 뒤부터─ 살이 빠지기 시작한 것이다!

1년여 동안 무섭게 부풀어 오르던 몸은 1년도 되지 않아 다시 원래 몸무게로 돌아왔다. 아무것도 하지 않았는데! 그냥, 평범하게 살았을 뿐이다. 먹고 자고 싸고 걷고……다만 나를 괴롭히는 일을 멈추었을 뿐이다. 내 살들을 혐오하는 일을 그쳤을 뿐이다.

살은 그렇게 대단한 놈이 아니었다. 나는 살이 빠지는 것에 대해서가 아니라, 내 몸에 점점 건강한 에너지가 차오르는 것에 희열을 느꼈다.

'살을 빼자'가 목표가 될 수는 없다. 이건 진리다.

늘 목표는 '건강해지자'가 될 수밖에 없다.

건강해지면 자연스레 따라오는 몸무게, 그것이 나의 적정한 숫자이다. 그 숫자에 주목하면 된다. 그 숫자에 관심을 갖고 그만큼을 유지하려 노력하면 된다. 특별히 대단한 일을 할 필요는 없다.

살은 그저 살일 뿐이니까. 그저 평화롭게 나의 일상을 영위하면 된다. 맛있는 음식을 먹고, 즐겁게 산책하고, 규칙적으로 운동하고, 편히 잠을 자면서.

사실 조금 살이 붙어도 괜찮다. 살이 나를 바꿀 수는 없다. 뚱뚱해지면 내가 아니게 되는 게 아니지 않은가? 살은 빼면 된다. 건강해져서 적정 몸무게를 되찾으면 된다. 건강이 정상이고, 건강하지

않은 것이 비정상이니까. 우리 몸은 그렇게 타고 났다. 원래, 건강
하기로.

얼마 전 책상을 정리하다가, 그 시절의 사진을 발견했다.
부옇게 뜬, 아주 불행해 보이는 한 여자아이가 사진 안에 있었다.
그랬구나, 그때 나는 행복하지 않았구나.
살 때문이 아니라, 나를 미워해서 벌이고 있던 전쟁 때문에.

서른다섯 전에 이루고 말겠어요

몇 년 전, 한 선배는 "올해엔 꼭 결혼할 거야"라고 단호히 말했다. "우와, 언제?" 하고 물어보니, "가을께쯤?"이라는 말이 돌아왔다. "사귀는 사람 있었어? 몰랐는데. 누구야? 뭐하는 여자야?" 반색했더니, 아직 누군지는 모른단다.

그냥, 결혼을 더 미룰 수 없어서 결심했다고.

"결심이 흔들리지 않기 위해 소문 내는 거야."

그러면서 웃었다.

"뭐야~ 결혼을 뭐 그렇게 해."

이러면서 나도 역시 웃었지만, 전혀 이해하지 못할 바는 아니었다. 오히려 '아, 저 선배가 저렇게 단호한 걸 보니 진짜 올해 결혼하겠는걸' 이런 생각까지 들었다.

인생에 대한 계획, 그러니까 '스물여덟 살까지 취직을 하고 서른다섯 전에 결혼을 하고, 마흔이 되기 전 내 집을 장만하고, 나이 쉰이 되면 통장에 15억을 모으겠어' 같은 계획은 나도 수없이 갖고 있으니.

많이들 그렇게 계획을 세우며 산다. 1년, 5년, 10년 단위로 계획을 세울 수 있게 되어 있는 다이어리도 판다. (나도 살까, 고민했던 적 있다.) 자기계발서들은 이렇게 말한다. 계획은 구체적일수록 좋다고. 그러니까 막연히 돈을 많이 벌겠다는 것보다는 몇 살까지 얼마, 이렇게 정해 두는 게 이루기가 더 쉽다는 것이다.

…… 과연, 그럴까?

사실 나는 타고난 '계획주의자'이다.

중고등학교 시절에는 시험 날짜에 맞춰 학습 계획을 세웠다. 주 단위, 월 단위, 연 단위의 계획까지 있었으니, 가히 계획 선수라 불리기에도 무리가 없었을 듯하다. 대체로 성공적이기도 했다. 대학에 들어갈 때까지, 그 계획표들 덕분에, 벼락공부 한 번 하지 않고 성적을 유지했으니.

고등학교를 졸업하면 대학에 가야 하고, 학부에서 대학원으로, 석사 논문을 쓰고 취직을 하는 일은 당연히 계획에 포함되어 있었다. 운이 좋았다. 취직까지, 나는 내가 그려 놓은 인생의 계획표에서 크게 어긋나지 않고 살았다. 시험에 떨어지지도 않았고, 원했던 곳에 진출했다.

하지만 그것까지는 몰랐다. 나의 계획이 점점 계획을 위한 계획이 되어 간다는 것, 나의 편협한 지식 안에서 그림을 그린다는 것, 거기에서 조금만 벗어나면 갑자기 겁에 질려 쩔쩔매는 어린아이가 되어 버린다는 것을.

기획하고 있던 드라마가 '엎어졌다.'

드라마 기획이 엎어지는 데에는 수천, 수만 가지 이유가 존재하고, 그 드라마도 그 중의 하나였다. 유명한 소설가도 등단 전에 수십 번, 수백 번의 거절을 당하고, 아무리 재능 있는 예술가라도, 극히 예외적인 경우를 제외하고는, 처음부터 세상에 받아들여지기 쉽지 않다는 것쯤은 알고 있었다. 게다가 나는 내가 대단히 뛰어난 재능의 소유자라고는 생각하지 않았다. (그 정도 분별력은 있다. 흥!)

그러니, 몇 번의 '엎어짐'이야, 처음부터 받아들일 마음이었던 것이다. 그럴 수도 있지 뭐, 나를 돌아보고, 다시 시작하면 되는 일이라고, 그러면서 기획안을 들이밀었단 말이다.

그런데…… 생각보다 충격이 컸다.

나는 시체처럼 침대에 늘어졌다.

'신이시여, 왜 제게 이런 시련을 주시나이까.'

나는 천장의 형광등을 바라보며, 잠시 나의 재능 없음과 세상의 안목 없음을 원망하는 시간을 가졌다. 배가 고파왔지만 밥을 먹고 싶지는 않았다.

입맛이 없다니, 아, 이런 끔찍한 일이 있나.

원망의 시간이 끝나자, 성찰의 시간이 다가왔다. 뭐가 이렇게 나를 괴롭히는지 알아내야 했다. 괴로웠으니까, 원인을 알아내야 치료를 할 수 있을 것 아닌가.

기획이 엎어진 것? 그건 그럴 수 있었다. 아쉽긴 했지만, 충분히 받아들일 수 있었다. 앞으로도, 수십 번의 기획이 엎어질 터였다. 그런 예상까지, 진심으로(기분이야 나쁘겠지만 그거야 뭐, 사람이니까), 받아들일 수 있었다.

그럼 뭐야?

뭐냐, 넌? 나를 이토록 괴롭히는 넌……?

네가 무엇이기에 나는 이렇게 밥까지 굶어 가며 침대 위에 팔다리 축 늘어져 고통스러워하고 있는 것인가?

이윽고 나는 깨달았다.

드라마가 엎어지는 사건은, 내 '계획'에 없었던 것이다!

나는 내 안에 드라마 연출자로서의 삶에 대한 (참으로 원대하면서도 조잡한) 계획이 존재하고 있었음을 알았다.

계획의 핵심은 이랬다.

서른다섯 살이 되기 전에 미니시리즈를 연출하자.

내 머릿속에 굳건히 자리한 계획표에 굵은 글씨로 인쇄된 한 문장. 그해 나는 서른다섯이었다. 해가 넘어가면 만으로 서른다섯이었다. 시간이 부족했다. 고로 불가능한 계획이었다. 내 삶이, 나의 계획 밖으로 탈출하는 순간이었다. 계획에서 벗어나는 것이, 그토록 불편하고 불안했던 것이다.

'예수님은 서른셋에 온 세상을 구원했잖아!'

내 마음이 외쳤다. 그런데 나는 서른다섯이나 먹어서, 세상을 구하기는커녕, 기껏해야, 최선을 다해 만든 드라마 기획이 엎어지는 한낱 드라마PD에 불과했다. 이, 자존심 찌그러지는 소리…….

그리고 그 뒤에 또 다른 소리가 있었다.

작았지만, 분명히 들렸다.

'왜?'

응?

이번에는 조금 더 크게 들렸다.

'왜?'

음, 음…… 나는 침묵했다. 대답할 말이 없었다.

정말, 왜? 왜 서른다섯 전에 미니시리즈를 연출해야 하지?

'대한민국의 모든 드라마 연출자는 서른다섯 전에 미니시리즈를 연출해야 함. 땅땅땅.' 이렇게 법으로 정해진 것도 아니고, 서른다섯이 넘는다고 해서 왜애앵~ 경찰이 출동하는 것도 아니고, 수갑 차고 잡혀가는 것도 아닌데.

그리고 만약, 만약 그 드라마 기획이 채택되어 내가 서른다섯이 되기 전에 미니시리즈를 연출한 드라마PD가 되었다면?

그 다음엔?

내 머릿속 계획표에는 그 다음 계획은 인쇄되어 있지 않았다. 아찔했다. 내 인생에 대해 세운 계획이, 고작 이 정도로 얄팍했다니. 서른다섯, 그 젊은 나이에, 인생이 끝나는 것도 아닌데.

나는 물어야 했다. '왜?'라고.

나의 계획표에서 '왜?'라는 질문이 빠져 있었다.

문제는 목표가 아니었다. 가치였다. 서른다섯이든 마흔다섯이든, 그게 뭐가 중요한가. 내가 지향하는 바가 무엇인지, 즉 내가 어떤 사람이 되고 싶은지, 어떤 드라마 연출자가 되고 싶은지, 어떤 드라마를 만들고 싶은지에 대한 내 나름의 답이 필요했다.

이런 질문들에 대한 답이 없다면, 설령 인생이 계획표대로 진행된다 해도 그것이 무슨 의미가 있는가?

'나, 서른다섯이 되기 전에 미니시리즈 한 개를 연출했다니까. 그게 어쨌다는 거야?'

이렇게 되는 거다.

벗어나는 것이 두려운 인생의 계획은 세우지 말아야 한다. 그 순간의 제한된 시각과 편협한 지식으로 세워진 계획이란 도리어 해가 될 수도 있다. 또한 인생은 계획대로 되지 않을 뿐 아니라, 그것이 인생의 묘미이기도 하다.

자신의 인생이 추구하는 가치를 분명히 하는 것이 중요하다.

'나이 마흔 살까지 10억을 모으겠어.'

이런 식의 계획이 뭐가 중요한가? 모으면 인생 끝인가? 모으지 못하면 실패한 것인가? 무엇을 위한 10억인가? 마흔이 되어 10억이 담긴 통장을 보며 '이젠 뭐하지?' 하고 혼란에 빠질지도 모른다. 최소한 우울해지지 않기를 바란다.

가치. 중요한 것은 원칙이다. 내 삶의 원칙. 삶의 결. 자기 색깔이 있는 삶. '왜?' 하고 묻지 않는 계획은 그것을 방해한다.

그해에 선배는 결혼하지 못했다. 나는, 그가 계획을 지키기 위해 사랑하는 여자를 만나겠다는 가치를 버리지 않아서 다행이라고 생각했다. 그는 최근 짝을 만나서 결혼에 골인했다. 다음에 만나면 올해를 넘기지 않겠다는 그 바보 같은 계획을 상기시키고 좀 놀려줄 생각이다.

나 역시 계속해서 드라마를 기획한다. 절대불변의 계획 같은 건 없다. 나이 제한 같은 건 없다. 나는, 그냥 드라마를 만들며 살아야 하는 사람이라는 걸 알았고, 내가 하고 싶은 이야기가 어떤 건지도 어렴풋이나마 깨달아 가는 중이다.

계획 없이 사는 인생, 이것도 꽤 편안하다.

03 결핍을 받아들이기
나는 기계치다

자랑은 아니지만, 나는 태생적으로 몇 가지 감각이 결여되어 있다.

우선, 나는 기계치다.

온갖 종류의 기계를 보면 일단 공포감이 엄습한다.

'앗, 저것은 내가 모르고, 알 수도 없는 어떤 것이야.'

탁상시계 건전지를 바꾸는 일조차도 나에게는 쉬운 일이 아니다. 조심조심 덮개를 열고 다 쓴 건전지를 빼고, 안에 표시되어 있는 플러스극과 마이너스극 방향을 잘 확인해서 새 건전지를 집어넣고 덮개를 닫는 일. 그러고 나면, 큰일을 해낸 듯 맥이 탁 풀리면서 안도감이 찾아온다.

다행이야, 다시 시계 침이 움직이고 있잖아, 째깍째깍.

조금 더 복잡한 기계는 더 심각하다. 이를테면 컴퓨터가 그러하다. 기본적인 프로그램을 까는 것은 말할 것도 없고 컴퓨터 프린터를 연결하는 일 같은, 남들이 참 쉽다고 말하는 일조차 나에게는 감히 쳐다보지도 못할 '오를 수 없는 나무' 같은 존재다.

기계도 그것을 대하는 사람의 두려움을 알아차리는 모양으로, 나의 노트북 컴퓨터는 종종 먹통이 된다. 마치 '나는 너의 통제 범위를 벗어나 있어'라고 말하는 느낌이다.

그럴 때면 나는 어쩔 줄 몰라하다가 주위 사람들에게 도움을 청하곤 하는데, 희한하게도 나 아닌 다른 이의 손길이 닿을 때 컴퓨터는 어쩌면 그렇게 고분고분한지. 모니터가 밝아지고, 순식간에 인터넷 화면이 뜨고, 지난 밤 내가 작업을 끝냈던 딱 그 자리에서 커서가 깜박거린다.

자동차 운전을 하고 있기는 하지만, 나의 면허는 2종 오토. 그러니까, 사실 자동차가 움직이는 원리 따위, 하나도 모른다는 얘기다. 엔진오일을 어느 정도에 갈아야 하는지, 핸들이 빡빡해지면 뭐가 문제인 건지, 타이어 상태는 양호한 건지 도무지 판단할 수가 없다. 그런 문제에 맞닥뜨리면 머릿속이 순간적으로 하얘지면서 어찌할 바를 모르겠다.

제때 주유를 하지 않아서 아침 출근시간, 차들이 즐비한 한강 대교 한가운데서 차가 서 버렸던 적도 있으니, 말 다했다. 액셀을 밟아도 속도가 줄면서 스르르 멈추기에 이게 뭔 일인가 싶어 심장이 덜컥 내려앉았는데, 기름이 없었단 말이다. 그날 내 차는 서울의 교통체증을 심화시키는 데 혁혁한 공을 세운 뒤, 긴급출동서비스에 의해 견인되었다.

또한 나는 내로라하는 길치인데, 이 부분은 여기저기서 많이 이야기한 적이 있으니 패스하련다. 한 가지만 이야기하고 넘어가자면, 내가 심하게 '길 찾는 감각'이 결여되어 있다는 사실을 알게 된 것은 꽤 오래전이다.

초등학교 시절, 수십 번도 더 놀러갔을 친한 친구의 집을 한 번도, 정말 단 한 번도 내 힘으로 찾아갈 수 없었을 때, 아무리 애를 써도 미로를 헤매는 기분이었을 때. 그래서 늘 친구와 함께 가거나, 친구더러 골목 초입에 나와서 날 데리고 가라 했었다. 공부만큼은 꽤 잘했던 내가 골목길 앞에서 순식간에 무능해지는 것을 보며 친구들은 의아해했었지만, 나는 선천적으로 내가 갖지 못한 감각을 그들에게 어떻게 설명해야 할지 몰라 답답했었다.

나는 남들이 알아주는 몸치이기도 하다. 내 몸은 '유연성', '리듬감' 같은 단어와는 거리가 멀었다. 춤이라면, 아아, 정말 끔찍했다. 하기야 노래도 썩 잘하는 편이 아니었으니 관련이 있을 수도 있겠다. 중고등학교 음악시간, 내가 가창 시험을 보는 것을 옆반 친구들이 창을 통해 구경하며 낄낄거렸던 적도 있었으니.

내가 몸치라는 사실을 뼈저리게 실감했던 때는, 고등학교 1학년 때 갔던 간부수련회였다. 1, 2학년을 섞어서 조를 짰고 각 조별로 장기자랑을 준비해야 했다. 우리 조 조장을 맡았던 2학년 언니의 입에서 "춤추는 게 제일 쉽잖아"라는 말이 튀어나왔을 때, 나는 긴장해서 주먹을 꼭 쥐고 말았다. 모두들 끄덕끄덕 동조하며 "그래, 춤이 제일 낫지. 준비도 편하고" 했을 때는 절로 한숨이 토해졌다.

마침내, 음악이 골라지고 안무가 짜이고, 음악의 앞부분은 정한 안무를 모두 똑같이 하고 뒷부분에서는 한 명씩 무대 중앙으로 나와 각자 자신 있는 춤을 마음껏 추는 것—일종의 개인기—으로 결정이 났을 때 엄청난 공포감이 찾아왔다. 그나마 위안이 되었던 것은, 그 부분의 조명을 어둡게 해서 누가 누군지 잘 분간이 안 되게 하자는 제안이었다.

그 순간은 기억하기도 싫다. 아니, 기억이 안 난다. 음악은 귀에 들리지도 않았고, 내 몸통과 팔다리가 분리된 듯 움직였다는 느낌뿐. 인간은 정말 기억하기 싫은 일은 자아를 보호하기 위해 무의식 깊숙이 묻어 버리기도 한다지 않는가.

아, 내가 무대 위에서 춤을 췄나? 그랬었나? 잘 생각이 안 나는데……?

아스라이 내 안 깊이 어딘가에 봉인되어 버린 춤의 트라우마.

그러나.

나의 무의식은 무대 위 순간의 기억은 봉인했으나, 그 이후에 대한 기억은 미처 묻지 못했나 보다. 우리 조 순서가 끝난 뒤 내 친구들의 반응은 이러했다.

"조명 때문에 누가 누군지 잘 모르겠던데, 너만은 확실하게 알겠더라."

그랬다. 나는 어둠도, 번쩍번쩍 현란한 조명도 감출 수 없는, 탁월한 몸치였다.

"허수아비 같았어."

"나무토막 같지 않았어?"

"팔다리가 완전 따로 놀았어."

"웃겨 죽는 줄 알았다니까."

나는 침묵했다.

이것은 운명이었다. 절대로 내가 벗어날 수 없는 운명.

나는 몸치다.

여태 나는 그 운명을 짊어지고 살고 있다. 잊을 만하면 깨달을 일이 생긴다. 최근에 물어볼 게 있어서 남편 작업실에 들어간 적이 있다. 마침 그가 만들고 있던 음악이 흘러나오기에 무의식중에 고개를 끄덕거리며 장단을 맞추었나 보다.

그는 힐끗 나를 보더니 박장대소했다. 평소 감정 표현을 잘 하지 않는 종류의 사람인 그에게는 매우 드문 일이었다. 한참을 낄낄거린 후, 남편이 한 말.

"진짜 몸치야."

아아. 그도 알고 있었던 것이다. 나의 허수아비 같은 춤을 보지 않고서도, 내가 지독한 몸치라는 사실을. 내 몸의 움직임은 기묘하게 어색하고 특이하게 뻣뻣하다는 것을. 내 무의식적인 고개 끄덕

거림과 음악의 박자는 조금씩 어긋났다는 것을.

　기계치. 길치. 몸치…… 태생적으로 결여된 감각들.

　이렇게 말하면, 세상 사는 데 있어 대단한 장애를 가진 것처럼
보일 텐데, 그것은 또 의외로 그렇지 않다. 태어날 때부터 없었던
감각이니, 없는 대로 적당히 적응하며 살고 있다. 존재하는 상태를
경험해 본 적이 없으니 딱히 아쉬울 것도 없다. 오히려 특정 감각
의 태생적 결핍 덕분에 얻은 것도 있다.

　결핍은 '삶을 대하는 겸손한 태도' 같은 것을 준다.

　설명하자면 이렇다. 내가 부족함이 있는 존재이기 때문에 나는
완전하게 오만해질 수는 없다. 생활 속에서 나의 결함을 마주칠 때
마다, 즉 형광등이 나갈 때, 노트북이 다운될 때, 몸이 잘 구부러지
지 않을 때, 처음 가는 목적지를 혼자 찾아가야 할 때 나는 겸허해
지지 않을 수 없는 것이다.

　'나는 어떤 도움을 받지 않고서는 이런 일상의 과제를 혼자 헤쳐
나갈 수 없는 사람'이라는 자각. 나는 세상의 중심이고 나 자신의
주인이지만, 동시에 이 광활한 우주 속 아주 미미한 일부에 불과하
다는 사실.

　나의 부족함 덕분에 나는 좀 더 성실해져야만 한다. 새로운 장소
를 찾아가기 위해 인터넷을 검색하고, 주변 사람들에게 물어보고
(근처에 있는 큰 건물이 뭐예요? 정확하게 몇 번째 골목이죠? 편의점을 끼

고 돌아요. 아님 편의점을 보면서 돌아요?), 꼼꼼하게 약도를 그린다.

나는 그 과정 속에서 나의 부족함을 인정하고, 그럼에도 불구하고 살아가기 위한 어떤 숭고함 같은 것을 느낀다. 스트레칭을 하며 '왜 한 몸인 나의 손끝과 발끝은 서로 만나지 못하는지', '내 몸뚱아리 하나도 내 마음대로 못하는데 세상 일이 어찌 내 뜻대로만 되겠느냐' 하는 인생의 진리 같은 것을 느끼기도 한다.

그리고 형광등을 갈아 줄 누군가가 올 때까지 어두운 상태를 견디며 참을성을 배운다.

그렇다. 나는 부족한 존재이다. 부족하므로 더불어 지내야 하고, 성실하게 준비해야 하며, 조심스럽게 극복해 가야 한다. 비록 사소해 보일지라도, 탁상시계의 건전지를 바꾸고 나서, 특정 장소를 찾아가고 나서, 마침내 내 손끝과 발끝이 만나는 경험을 하고 나서 느끼는 성취감은 시험 1등에 못지않다.

그러니 내가 결핍된 존재라는 사실, 나쁘지 않다.

더 나아질 수 있어서, 생生 앞에서 겸손해질 수 있어서.

남편은 지하 주차장에 갈 때마다 매번 차를 세워놓은 곳을 찾아 헤매는 나를 보고 말한다.

"의외로 허술해서 인간미가 느껴져."

인간미人間味. 인간다운 따뜻한 맛.

생각해 보니, 이런 부수적인 효과까지 있었군.

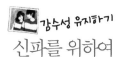 강수성 유지하기
신파를 위하여

무심코 밖에 나왔다가 매서운 바람이 불어, 나도 모르게 옷깃을
여몄다.

'벌써, 겨울인 거야?'

낙엽을 밟은 적도 없는데(가만, 낙엽을 밟으면 바스락 소리가 나던
가?) 청명한 가을 하늘을 올려다본 기억도 없는데(가을은 천고마비
의 계절이라 배웠던 듯.)······ 아뿔싸, 겨울이었다. 이제 옷장 구석에
처박아 두었던 겨울 파카와 코트, 목도리와 장갑을 끄집어낼 때가
온 것이다.

그러고 보니, 계절을 만끽했던 기억이 가물가물하다.

노란 개나리나 연두빛 새싹을 보며 봄이구나 하는 게 아니라, 날
씨가 더워져 반팔 옷을 꺼내 입으면서 벌써 여름이 왔구나 하고,
스산한 바람에 옆구리가 시려오기 시작하면 여름이 벌써 다 갔나

하는 식이다. 올 가을도 이렇게 사라졌다.

빨간 불. 마음속에 경계경보가 울리기 시작했다.

'나, 이렇게 메마른 거야?'

'감정'이라는 게 정말 지긋지긋하던 때가 있었다.

세상에 혼자 떨어진 것처럼 외로움에 몸부림치면서, 누군가의 목소리만 마치 분리된 듯 또렷하게 들릴 때 온 몸으로 긴장하면서, '또 누군가를 좋아하게 돼 버렸어!' 하며 튀어나올 것 같은 심장을 누르면서, 슬프지도 않은 영화를 보며 목 놓아 울면서, '우리가 서로 사랑하지 않을 때조차 서로 사랑하기' 따위의 문장을 끄적거리면서······.

내 연약한 신경줄은 별것 아닌 자극에도 온 존재를 진동시키곤 했었다. 그 사람의 작은 표정 변화 하나에도 웃었다 울었다 널을 뛰는 내가 너무 한심해서, '내가 무슨 신파의 여왕도 아니고, 아, 이놈의 신파 진짜 징글징글하다' 그랬었다.

주책없이 휘몰아치는 이 감정들을 견딜 수 있게 '합리화'가 필요해서, 궁지에 몰린 내가 짜낸 묘안은 이거였다.

'괜찮아. 나중에 드라마 연출할 때 써먹지 뭐.'

즉, 이 감정이 그저 쓸데없는 것이 아니라, '이용가치'를 갖고 있음을 강조하여 심리적인 위안을 얻고자 하는 복안이었다.

웃기지 않은가.

애인한테 차이고 나서 식음을 전폐하고 골방에 틀어박혀 눈물을 질질 짜던 여자애가 머릿속으로는 '음…… 이 감정은 나중에 이별 장면을 연출할 때 사용할 수 있겠군' 하며 자위하는 모습이라니.

그런데, 실제로 그랬다. '이 감정이 언젠가는 (어떤 식으로든) 쓸모가 있을 거야'라는 생각은 신파의 시절을 살아내는 데 상당한 위안이 되었을 뿐 아니라, 실제로 실현되었다는 뜻이다.

드라마PD는 '감정'을 일의 재료로 삼는 직업이었다. 정서의 기억은, 실제로 내가 드라마를 연출하는 데 아주 큰 바탕이 되었다. 대단히 복잡하고 정교한 과정을 통해서가 아니다. 특정한 장면을 연출하기 위해서는 내 과거의 기억들을 헤집어 그와 통하는 정서를 떠올려야 했다. (다른 PD들도 그렇게 하는지는 모르겠는데, 나는 도무지 다른 연출의 방식을 찾지 못했다.)

사랑에 빠지는 장면을 연출하기 위해서 나를 설레게 했던 남자들을 기억해야 했으며, 이별하는 장면을 만들기 위해서 골방에서 질질 짜던 여자애의 심정을 다시 가져야만 했으니.

무슨 직업이 이래. 일이랑 감정이랑 분리가 안 돼. 나의 사적인 역사를 직업적으로 이용해야 하다니, 이건 너무 우울한 걸.

이렇게 툴툴대면서도, 수시로 과거를 떠올리면서 '뭐 쓸 만한 기억 없나' 뒤집어 보곤 했었다.

그렇게 나이가 들고, 관록이 붙고, 관성화되기 시작했던 걸까.

풍족한 예술적 영감의 원천이었던 나의 신파적 역사는 어느 순간, 말라 버린 우물처럼 바닥을 드러내기 시작했다. 팽팽하게 당겨져 작은 자극에도 파르르 진동하던 나의 감수성은, 언제부턴가 존재감이 약해지기 시작했다. 똑같은 기억들이 변주되어 여러 장면들의 연출에서 이용되었다. 관성적으로.

내 심장이 딱딱해진 걸까.

말라 버린 내 감수성의 우물을 채워야 할 때가 도래한 것일까.

예전에 한 선배가 했던 말이 생각난다. 퇴근을 하는데, 차창 밖으로 가로수들이 낙엽을 떨어뜨리는 것이 보이더란다. 아마 몇 년 전의 늦가을이었던 모양이다. 스산하게 날리는 낙엽을 보니 옆구리가 시리면서, 정말, 정말로, 눈물이 주르르 흘러내렸다고 했다. 그러고 나서 즉각적으로 드는 생각이 '아…… 나 아직…… 메마르지 않았어' 하는 안도감이었다고 했다.

마흔 넘은 노총각이 퇴근하는 차 안에서 낙엽을 보고 눈물을 흘리는 모습을 상상하며 웃었지만, 그가 느꼈다던 안도감을 지금은 이해할 수 있을 것 같다.

우리에겐 신파가 필요하다.

신파는, 우리 삶을 좀 더 인간답게 만드는 윤활유 역할을 한다. 인간은 본디 감성적인 존재이며, 매 순간 무언가를 느끼며 살아야 한다. 신파는 그런 느낌들이 자유롭게 출렁이는 가운데서 탄생한다. 기쁨, 슬픔, 외로움, 설렘…… 감정의 파고 위에서 인간은 파닥거리며 살아 있다. 한 인간의 신파의 역사는, 그렇게 이어진다.

감정의 우물이 메말랐다는 것은, 느끼지 못한다는 것이다. 귀찮아서, 두려워서, 약해질까 봐, 상처받을까 봐, 자기도 모르게 감정을 억눌러 심장에 겹겹이 보호막을 둘러쌌다는 것이다.

그러니, 혹시 내 심장이 딱딱해진 건가, 내 가슴이 메마른 건가, 마음속에서 경계경보가 울린다면, 조심스레 지난 내 신파의 역사를 들여다보길. 기뻤다 슬펐다 감정의 널을 뛰던 그 장면을 떠올려 보길. 그리고 그 기억 속으로 또각또각 걸어 들어가기를. 감정에 잠겨 보고 충분히 젖어서 촉촉해질 때까지.

새벽, 문자 알림음이 울렸다.

'보고 싶네요.'

갑작스런 그 문자에 갑자기 가슴이 뭉클해져서, 베개에 얼굴을 묻고 '아, 나도 너 보고 싶은데' 혼자 중얼거렸다.

나의 신파란 이런 것인가. 뜻밖의 순간에 있는 줄도 몰랐던 감정이 치솟아올라 '아, 내가 살아 있구나' 또는 '너, 거기 있었던 거니?' 하고 깨닫게 되는. 그런 생生의 순간순간의 역사.

고마워. 그 새벽 너의 문자가, 얼마나 오래간만에 찾아온 신파였는지.

진정한
나로
거듭나기
위해

독립해서 살아 보기

커피 잔을 씻어야 할 때

　다른 많은 이들과 마찬가지로 나도 '독립'을 갈망했다. 엄마의 잔소리가 심해질 때, 남자친구와 더 많은 시간을 보내고 싶은데 마땅히 갈 데가 없을 때, 조용하고 깊이 있는 사색이 필요하다 느낄 때 '아, 드디어 내가 독립할 때가 왔구나' 싶었다.

　자연스레 독립할 수 있는 세 가지 계기가 있는 것 같다.

　대학, 직장, 그리고 결혼.

　나는 세 가지 모두에 해당되지 않았다. 내가 다닌 대학은 집에서 그리 멀지 않았다. 집 앞에서 타고 학교 앞에 내리는 버스 노선이 존재했다. 직장도 그리 멀지 않았다. 그 사이 장만한 중고차로 달려 주면, 막히지 않는 시간에는 15분이면 사무실에 발을 디딜 수 있었다.

　결혼? 당시 서른을 충분히 넘겨 준 나는 그때까지 단 한 번도 그럴듯한 신랑감을 집에 소개한 적이 없었다. 그때만 해도 내 관심사가 결혼보다는 연애 쪽에 기울어져 있었기 때문이리라.

아무튼 그 결과, 나는 서른을 훌쩍 넘길 때까지 집에서 학교 다니고 회사 다니고 연애하고 그랬다. 그러니 얼마나 자유롭고 독립적인 삶을 갈망했겠는가. 뭐든지 내 맘대로 해도 되는 생활, 우아하고 창의적인 싱글의 삶…… 대충 다음과 같은 상상이 아니었을까.

깨끗하고 세련된 인테리어를 한 나의 작은 집의 창으로 환한 햇살이 쏟아져 들어온다. 나는 하얗고 푹신한 이불 위에서 눈을 뜬다. 내가 눈을 뜨는 시간에 맞추어 라디오에서 음악이 흘러나온다.

나는 기지개를 켜고 일어나 침대 밑에 놓아둔 곰돌이 슬리퍼를 신고 주방으로 간다. 커피를 내리고 식빵을 토스터기에 넣는다. 금세 좋은 향이 나만의 공간에 가득 차고, 이윽고 고소하게 구워진 토스트가 튀어나온다. 나는 토스트에 버터를 발라 먹으며 커피를 마신다.

이렇게 아침을 먹을 때는 늘 잡지를 읽는다. 오늘의 잡지는 글 잘 쓰는 필진들이 모여 있는 영화 잡지이다. 아침을 다 먹고 샤워를 하고 출근 준비를 한다. 이 자유롭고 평화롭고 따스한 나만의 공간을 떠나는 게 아쉽다는 생각이 든다. 저녁에 돌아오면, 보고 싶었던 영화를 다운받아 보아야겠다.

그래서 서른넷이 되던 해에 나는 엄마에게 독립을 선언했다.

나도 나이 먹을 만큼 먹었다, 집에다가는 손 안 벌릴 거다, 내 생활 책임질 만큼의 월급은 받으니 나 말리지 마라…….

내 기세가 얼마나 등등했던지, 엄마도 나를 잡지 못했다. 자식 일에서만큼은 어느 누구 뒤지지 않는 줏대와 열성을 보여 주는 우리 엄마가 말이다.

마침내 나는 독립했다. 독산동에 있는 조그만 원룸이었다. 태어나서 처음으로 가진 나만의 공간, 꿈꾸던 나의 로망을 바야흐로 실현할 때였다.

자유롭다고 느낀 건 나의 경우엔 딱 일주일이었다. 늦게 일어나도, 늦게 들어와도, 내가 무엇을 하든 언제 하든 모든 것이 '내 맘'인 생활이 좋았던 것은 정말 딱 일주일.

그리고 부딪힌 것은 '독립생활의 실상'이었다. 모든 것이 자유로운 대신에, 모든 것이 내 책임인 생활 말이다.

혼자 사는 것을 느지막이 처음 경험한 내가 가장 낯설었던 것은, 저녁에 내가 들어올 때 방의 풍경이 아침에 내가 나갈 때의 방의 풍경과 정확히, 100% 일치한다는 사실이었다.

혼자 사는데, 당연한 이야기 아니겠는가.

저녁에 돌아오면 아침에 마신 커피 잔이 커피 찌꺼기가 말라붙은 채 정확히 내가 놓고 간 자리에서 나를 기다리고 있었다. 그 컵을 씻어서 곱게 엎어놓지 않으면 다음 날 우아하게 커피를 마시는 것은 불가능했다.

샴푸나 치약 같은 생필품들은 정확히 내가 사용하는 만큼 줄어들어갔다. 나는 그런 것들을 언제 새로 사다 놓아야 할지가 늘 헷갈렸다. 쓰레기봉투는 정확히 내가 버리는 만큼 채워졌다. 다 차면 버려야 했고, 버리지 않으면 악취가 났다. 수건을 잘 세탁해서 수건걸이에 걸어놓지 않으면 세수를 하고 돌아섰을 때 내 눈에 들어오는 건 빈 수건걸이뿐이었다.

매 끼니 밥을 해 먹는 것도 보통 일이 아니었다. 된장찌개 하나를 끓일라 쳐도 숱한 재료를 씻고 썰고 맛을 내어 끓여 내야 했다. 아침의 토스트도 한 이틀 지나니 지겨워지기 시작했다.

이것뿐이 아니었다. 인간 한 명에게서 하루에 빠지는 머리카락이 이렇게 많은가를 깨달은 것도 새로운 경험이었다. 청소를 해도 먼지는 끊임없이 쌓였다.

'친구들을 초대해 가벼운 만남을 자주 가져야지' 하는 생각은 정말 말 그대로 환상에 불과했다. 청소도 해야 하고 음식도 해야 하고, 친구들이 떠나면 정리도 해야 하는데 그걸 어떻게 다……?

전기세, 수도세 등 신경 쓰지 않았던 각종 공과금을 신경 써야 했고, 회사일은 여전히 머리가 아팠다. 더 아쉬운 점은 내 작은 원룸이 '연애의 자유'에도 기여하지 못했다는 사실이다.

내 발로 걸어 나간 집이니, 처음에는 1년만이라도 버텨 보고자 했다. 그러나 빛만 보고 그림자는 보지 않았던 독립생활은 내 자존심이 아무리 강하다 해도 견디기 힘들었다.

마침내 나는 백기를 들고 집에 투항했다. 내가 헛똑똑이 혹은 우물 안 개구리가 아닐까 하는 자괴감을 안고. 내 인생 최초로 시도한 독립생활은 실패로 돌아갔다, 그것도 아주 처절하게.

벌써 10년 넘게 독립생활을 '잘' 이어가고 있는 한 친구는, 독립해서 산다는 것이 결코 쉽지 않았다고 했다. 처음에는 다른 사람들처럼 무제한의 자유가 좋았다고 했다. 술 마시고 늦게 들어올 자유, 밥맛이 없을 때 끼니를 거를 자유, 설거지를 건너뛸 자유, 공과금을 최대한 미뤄 두었다가 한꺼번에 낼 자유…….

아침에 서랍을 열었는데 빨아 놓은 속옷이 하나도 남아 있지 않거나, 전날 과음으로 쓰린 속을 안고 아침에 냉장고를 열었는데 해장할 거리가 하나도 남아 있지 않은 순간이 빈번했다고 했다.

점점 자신이 누리는 자유가 '게으를 자유', '귀찮을 자유' 쪽이 많아지면서 어느 순간 한꺼번에 무너지는 순간이 오더라 했다.

전기가 끊긴다거나, 생활비가 모자라서 정말 필요한 물건을 구매할 돈이 남아 있지 않거나, 건강을 몹시 해친다거나 하는 식으로, 마침내 자기 자신에게 '규칙'과 '절제'를 스스로 강제하기 시작해야 하는 순간. 그 순간을 넘고 나서야 비로소 제대로 된 독립생활의 묘미를 만끽할 수 있는 것이라 했다.

'자유'뿐 아니라 그에 수반하는 '책임'까지 함께 질 수 있어야 온전한 독립이라는 것을. 내 생활을 책임지는 사람은 바로 나 자신이고, 독립해서 살아 보는 것은 나 자신을 아끼는 것을 배워 가는 과정임을.

말하자면, 진짜 '어른'이 되는 과정이라고. 그리고 그동안 당연하게 여겨 왔던 가족에 대한 고마움을 비로소 느끼게 되는 과정이라고.

첫 번째 독립이 실패로 돌아간 지 2년 뒤, 나는 두 번째 독립의 계기를 만났다. 결혼을 한 것이다. 물론 혼자가 아니라 둘이 함께한 독립이라는 점에서 달랐다. 그러나 뭐든지 '우리' 맘대로지만 또한 그 책임도 '우리'가 져야 한다는 점에서는 유사했다.

그리고 실패한 첫 번째 독립생활이 나에게 중요한 사실을 가르쳐 주었다는 것을 깨달았다. '독립해서 살기'에 두 번째로 도전하는 나는, 적어도 빛 뒤에는 그림자가, 자유 뒤에는 책임이 따른다는 것을 알고 있었으니까.

맛있는 커피를 마시기 위해서는 커피 잔을 씻어 놓아야 하고, 친구를 초대해 즐거운 시간을 보내기 위해서는 청소를 해야 하며, 전기를 사용하기 위해서는 전기세를 내야 한다는 사실을 당연하게 받아들이고 있었으니까. 그래서 고맙게도 결혼으로 시작된 나의 두 번째 독립은 현재까지 잘 진행 중이다.

이렇게 보니 어설펐던 첫 번째 독립생활이 그리 나쁘기만 했던 것은 아닌 듯싶다. 그러니, 독립하고 싶다면 과감하게 독립을 선언하는 것도 좋겠다. 잘 버텨 낸다면 진정한 '독립해서 살기'의 맛을 느낄 것이요, 설혹 실패하더라도, 그래서 며칠 아니 몇 달 만에 다시 집으로 복귀하는 한이 있더라도, '독립해서 사는 것'의 의미 정도는 깨달을 수 있을 테니까.

조금은 '진짜' 어른에 가까워질 것이다.

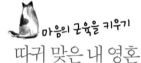

마음의 근육을 키우기

따귀 맞은 내 영혼

나는, 상처 받기 쉬운 영혼이었다.

'에이, 네가 뭘……' 하며 손사래를 칠지도 모를 분들을 위해 간단한 사례를 들어 보겠다.

몇 년 전에 있었던 한 대화를 소개한다. 당시 나는 승진대상자 그룹에 속해 있었는데, 공인영어시험 점수를 제출하면 약간의(사실은 꽤 많은) 가산점이 주어지는 상황이었다.

선배 : 너 토익 점수 냈니?

나　 : 아니요.

선배 : 그래? 의외네.

나　 : 뭐가요?

선배 : 너 그런 거 잘 챙길 거 같은데.

선배의 말이 떨어지자마자 자동반사적으로 생각해 버리고 말았다.(물론 마음속으로만)

그런 거 잘 챙길 것 같다고요?

내가 그렇게 내 것만 챙기는 얍삽한 스타일로 보여요?

내가 그렇게 승진에 연연하는 출세주의자로 보여요?

선배는 평소에 나를 어떻게 생각하고 있었던 거예요?

안다. 과도한 해석임을. 엄청난 오버임을.

그런데 상처 받았다, 그것도 자동반사적으로.

내 안에 숨어 있던 소심함과 자격지심이 일거에 올라와 폭풍처럼 휘몰아쳤다. 누군가 면도날로 가슴을 삭 그은 것처럼. 피가 흐를 정도는 아니지만 점점이 배어나오는 정도의, 사소하지만 따가운 상처가 올라왔다.

그해 나는 승진하지 못했다.

꼭 토익 점수가 없어서는 아니었을 것이다.

또 다른 대화 하나.

나   : 혹시 목요일 점심에 시간 돼?

친구 : 아니, 나 목요일에는 선약이 있어.

나는 또 상처 받았다.

232

안다. 진짜 아무 일도 아니라는 걸. 친구는 그저 목요일에 선약이 있었을 뿐이라는 걸.

그런데, 상처 받았다. 그것도 자동반사적으로.

'그럼 금요일은 어때?'라고 묻지 못했다. 목요일도 거절당했는데, 금요일도 거절당할까 봐.

내가 점심을 청한 날 그녀가 마침 먼저 잡은 약속이 있었다는 사실이 그녀가 나를 싫어한다는 증거도, 그녀가 나와의 시간을 거부한다는 증거도 아니라는 것을 알면서도, 괜히 뜨끔해 버리고 말았다.

내 안에 묻어 두었던 두려움과 콤플렉스가 순식간에 그 존재를 드러냈다. 갓 프린터로 출력한 대본을 넘기다가 종이에 삭 베인 것처럼. 피가 점점이 보일 듯 말 듯할 정도의, 미미하지만 신경 쓰이는 상처가 올라왔다.

일상생활에서 부지기수로 받는 자잘한 상처들이 이럴진대, 큰 상처는 말할 것도 없다. 상처 받을 일이 아닌 일에도 상처를 받는데, 하물며 상처 받을 만한 자격(?)이 충분한 사안에 대해서는…….

하고 있는 일이 제대로 성과를 못 냈다거나, 상사한테 제대로 깨졌다거나, 실연을 당했다거나 하는 '한 방'에 대해서는 나는 제대로 얻어맞고 피를 철철 흘렸다. 나는 강해 보일지는 몰라도 약한 사람이고, 뻣뻣해 보일지는 몰라도 보드라운 내면의 소유자이며,

센 자존심만큼 강한 자격지심을 숨기고 사는 '보통 사람'이니까.

나이가 드는 만큼 상처도 반복되었다. 맷집도 한계가 있는 법이다. 똑같은 상처를 또 받는다고 해서 견디기 쉬운 것도 아니었다. 서른을 훌쩍 넘기고도 사소한 말 한 마디, 다른 사람의 표정 하나에 어쩔 줄 몰라하는 나 자신이라니.

도대체 나는 왜 이렇게 쉽게 상처를 받는가.

내 마음은 왜 이렇게 취약한가.

더 이상은 아니었다. 대책을 강구해야 했다.

후배가 예전에 소개해 준 책이 있었다. 〈따귀 맞은 영혼〉이라는 제목이었다. 우연히 들른 서점에서 제목에 끌려 집어 들었다고 했다. 당시 그녀는 결혼까지 생각했던 남자에게 배신당했고, 정말 자신의 영혼이 '따귀를 맞은 것만 같은' 그런 기분이었다고.

내 상태도 그와 똑같았다. 내 영혼은 따귀 맞은 영혼이었다.

수치심, 모멸감, 그에 수반하는 상처와 분노……

결론부터 말하겠다.

나는 내 마음의 근육을 키우기로 결심했다. 하루에도 몇 번씩 마음에 면도날 같은 것이 스칠 때, '의도'가 없는 것이 분명한 말에 마음이 휘청거릴 때, 이렇게 허약한 마음을 안고 평생을 살아갈 생각이 끔찍할 때, '이건 아니다' 싶었다.

그 결심이 솟구친 어느 날, 나는 서점으로 달려갔다. '마음 다스리기'의 방법이 조금이라도 있을 것 같은 책들을 사서 읽었다. 의외로 많은 책들이, 그리고 그 책만큼 많은 충고들이 있었다.

깊게 심호흡을 하세요, 판단하지 말고 관찰하세요, 지금 자신이 느끼는 감정이 100% 진실인지 스스로에게 질문하세요, 감정을 (붙잡지 말고) 흘려보내세요, 불쾌했던 기억을 마음속에서 (자신이 바라는 방향으로) 재구성하세요, 원하는 것을 심상화하고 원하는 상황을 끌어오세요…….

오오, 이렇게 많은 지침들이 있었다니! 지푸라기라도 잡고 싶은 심정으로, 나는 하나하나 그 방법들을 시도해 보았다. 쉽게 되는 방법은 하나도 없었지만, 좌절하지 않았다. 마음 다스리기가 그렇게 쉽다면 세상 사람들 전부 다 성인군자가 됐을 것 아닌가.

그리고 요가를 배우기 시작했다. 타고난 몸치에다가 뻣뻣하기로는 타의 추종을 불허하는 내가 요가를 한다는 것이 어떤 의미인지, 친애하는 나의 친구들은 이해할 것이다.

그것이 얼마나 큰 용기를 필요로 하는지도.

물론 나의 몸은 잘 구부러지지 않았다.(흑) 잘 펴지지도 않았다.(엉엉) 그렇지만, 묘한 평화가 찾아왔다. 숨을 들이쉬고 내쉬고, 내 몸을 움직이고, 내 마음에 집중하면, 묵은 감정들이 조금씩 풀어지는 것 같았다.

마음이 움직이는 것을 가만히 보고 있노라면, 심각했던 일들이 사실은 별것 아닌 것들이 되어갔고, 나는 내 마음을 조금 더 사랑하게 되었다.

나는 지금도 여전히 서투르며, 내 영혼은 여전히 종종 따귀를 맞는다. 마음 다스리기를 완벽하게 배운 것은 더더욱 아니다. 그러나 예전보다 마음에 근육이 붙은 것은 확실하다. 몸과 마찬가지로 마음도 단련할수록 강해진다.

지금의 나는 선배의 머릿속에 있는 내 이미지를 내 멋대로 상상하여 스스로 자괴감에 빠지는 일 같은 것은 하지 않으며, 친구가 목요일에 선약이 있을 때는 금요일이나 월요일에 점심 약속을 잡을 수 있으니까.

부끄러운 수준이지만, 어쩌면, 그래도, 나는 많이 발전한 건지도 모르겠다.

아쉬운 것은, 서른을 훌쩍 넘기고서야 비로소 마음에 근육을 만드는 운동을 시작했다는 점이다.

조금만 더 일찍 시작했더라면, 쓸데없이 상처받고 마음 상하고 섭섭해하며 좋은 시간들을 낭비하진 않았을 텐데. 불필요한 오해로 주위 사람들에게 마음을 닫아거는 일이 줄어들었을 텐데.

20대에는 나뿐 아니라 내 주위 친구들도 마음을 단련하는 것의 중요성을 깨닫지 못했던 것 같다. 마음 다스리기의 중요성을 말해 주는 멘토도 물론 없었다. 그때는, 에너지가 넘쳐서 '건강'을 소홀히 하기 쉬운 때니까. 몸의 건강뿐 아니라, 마음의 건강도 돌봐 주고 관리해 주어야 유지되고 향상된다는 것을 잘 몰랐던 것이다.

　마지막으로, 〈따귀 맞은 영혼〉에서.
　'파도를 피할 수는 없어도 파도타기를 배울 수는 있지.'
　살면서 마음에 상처를 입는 일을 피할 수는 없지만, 거기에 더 잘 대처하는 방법은 존재한다는 것이리라.

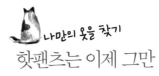

나만의 옷을 찾기
핫팬츠는 이제 그만

그녀는 핫팬츠를 자주 입었다. 늘, 뭔가, 과도했다.

당신의 다리를 보라, 그것이 노출할 만한 수준인가, 시각적 공해다…… 이런 이야기를 하고 싶은 것은 아니다. 나, 그렇게까지 무식하고 마초적인 사람은 아니다.

'신체적 결점은 감추고 장점을 강조하라' 식의 패션잡지에 나올법한 스타일 팁을 논하고 싶은 것도 아니다. 패션에 대한 전문적인 지식도 없거니와, 그런 스타일 팁은 여기저기, 너무나 많으니까.

그냥, 단지, 어울리지 않았다, 늘.

조금 더 구체적으로는, 안쓰러워 보였다.

아마 그녀는 '자신감에 가득 찬 강한 여성'으로 보이고 싶었으리라. 평소 알고 지내던 그녀의 성격상, 그러했다. 절대 무시당해서는 안 된다고 생각하고, 누가 뭐라고 지적이라도 할라치면 바로 따지고 들 준비를 하고 있는 느낌이었다. 그녀의 과도한 드러냄은 역설적으로, 그녀 안에 무시당할까 봐 두려워하는, 비판이 무서워서 먼저 '선빵'을 날리는 어린 소녀가 있음을 보여 주었다.

그래서였을 것이다.

어울리지 않았다. 예쁘지 않았다. 다리가 예쁘지 않아서가 아니었다. 그녀 스스로 현재의 자신을 받아들이고 있지 못하고 있다는 느낌이 들어서, 그걸 과도한 자신감으로 감추려 하는 듯해서. 그것이, 도무지 어울리지 않는, 때와 장소와 외모, 분위기까지, 그 핫팬츠로 매번 나타나는 것 같아서.

나는 매번 그녀의 핫팬츠가 부담스러웠다. 다시 한 번 강조하지만, 다리가 예쁘지 않아서가 아니었다. 옷이 예쁘지 않아서도 아니었다.

자기에게 이토록 어울리지 않는 옷을 매번 입고 나타나는, 나이가 들어도 여전히 자기 자신에 대해 서투르다는 사실이, 안쓰러웠던 것이다. 한 번만, 거울 앞에서, 솔직하고 용감하게, 자신을 찬찬히 바라보았다면, 절대 하지 않았을 의상 선택.

전혀 다른 경우도 있다. 피부에 햇빛이 닿으면 큰일이라도 날 것처럼, 온 몸을 꽁꽁 싸매는 의상을 즐기는 또 다른 그녀. 그녀 역시 안쓰럽기는 마찬가지다. '덥지 않아? 답답하지 않아?' 이런 차원을 넘어서, 그녀 스스로, 행여 자신의 '진짜 무엇'이 드러날까 봐, 못내 겁내고 있다는 느낌 때문이다.

당연히, 그녀가 입는 옷은 항상 그녀에게 어울리지 않았다. 구체적으로 이유를 달기 전에, 그냥, 어울리지 않았다.

어울리지 않는 옷을 입는 사람은, 당연하게도, 자기 자신을 잘 모르는 것처럼 보인다. 자기는 어떤 사람인지, 무엇이 어울리고 무엇이 어울리지 않는지, 무엇이 자신을 매력 있게 만드는지.

고로, 옷을 잘 입는 것은 어렵다.

단지 비싼 옷을 입는다고 멋진 것이 아니기 때문에. 정말 예쁜 옷을 입어도 옷과 사람이 분리되어 둥둥 떠다니거나, 몸 위에서 명품 로고가 참으로 촌스럽게 번쩍거리고 있는 경우, 많다. 정말 많다.

옷을 잘 입는다는 것은, 무엇이 자신을 빛나게 하는지 알고 있음을, 자신과 맞는 것과 맞지 않는 것을 구분할 수 있음을 의미한다. 즉, 어울리는 옷을 안다는 것은 자기 자신에 대해 잘 알고 있다는 것, 더 나아가 '자기다움'에 대한 자신감이 있다는 것을 뜻한다.

더욱 거창하게 말하자면, 자기에 대한 오랜 사색의 과정을 거쳐 어떤 종류의 자기 철학이 확립되어야만 옷을 잘 입을 수 있는 것이다.

옷뿐만 아니라, 외모, 태도, 분위기…… 이 모든 것이 하나가 되어 어떤 스타일을 보여 주기 때문이다. 스타일은, 그 모든 것이 그 사람과 딱 맞아떨어져 오직 그만의 아우라를 풍기는 것이다.

그 사람을 설명할 수 있는 단어가 오직 그 사람밖에 없을 때, 그것이 그 사람의 스타일이다.

창의와 혁신의 아이콘, 지구에 살고 있는 모든 이들에게 새로운 세상을 열어준 스티브 잡스가 타계했다.

검은색 터틀넥 티셔츠, 청바지와 운동화로 대표되는 잡스의 패션도 새삼 주목을 받았다. 편안하고 평범한 차림인데, 스티브 잡스라는 사람과 결합이 됨으로써 '단순'과 '집중'이라는 잡스의 정신까지 표상하게 된 패션.

잡스를 패션 리더라고 부를 수는 없겠지만, 그런 평범한 차림으로 프레젠테이션을 하는 그는 정말 멋있었다. 흔한 옷이 특별한 옷처럼 보이는 순간이 된 것이다. 아마도 그것은, 잡스가 때로 '또라이(asshole)'라는 평가를 받으면서도, 한평생을 '자기답게' 살아온 사람이었기 때문이었을 것이다.

최근 급격한 주목을 받고 있는 김어준 딴지일보 총수도 마찬가지다. 덥수룩하게 기른 머리와 다듬지도 않는 수염의 그는 많은 자리에 푸른색 셔츠에 검은 넥타이(故 노무현 대통령을 추모하기 위한), 청바지 차림으로 나타난다. 장동건 같은 외모가 아니어도, 배가 좀 나와도 그는 매력이 넘친다.

그것은, 그가 오직 '김어준'이기 때문일 것이다. '김어준의 직업은 김어준이다'라고 말할 수 있는 자신감, 명석함, 그만의 세계관…… 이 모든 것이 더해져서 김어준의 스타일을 만든다. 그래서 김어준의 몸 위에서 푸른 셔츠는 빛난다. 오직 김어준만이 소화할 수 있는, 너무나 김어준스러운 옷차림. 그 역시, 오랜 시행착오를 거쳐 '자기다움'을 확립한 사람이다.

스무 살에는 잘 몰랐다. 나에게 어울리는 옷을 찾는 것이 왜, 어떻게 중요한지. 스무 살은, 뭘 입어도 예쁠 나이라서, 일종의 '오만함'이 있었을 수도 있겠다.

그래서 20대의 나는 별다른 생각 없이 늘 청바지에 티셔츠 차림이었다. '옷이야, 뭐, 아무거나 입으면 되는 거 아니야?' 생각했다. 회사에 들어왔는데, 정장차림이 필요없는 방송국이었고, 청바지에 티셔츠 차림이 이어졌다. 나는 명품 브랜드는커녕, 웬만한 대중적인 브랜드 네임도 잘 모르는, 패션 문외한이었다.

그랬으니, 내가 입는 옷이, 나를 표상하는 데 의외로(!) 큰 역할을 한다는 사실을 알게 되었을 때 얼마나 당황스러웠겠는가.

나한테 어울리는 옷이 무엇인지, 어떤 옷이 나의 이미지에 부합하는지, 서른이 다 되어갈 때까지 제대로 한 번도 생각해 본 적이 없었으니 말이다.

그래서 이렇게, 뒤늦게서야, 나의 스타일에 대한 연구가 시작되었다. 하이힐에 꽂힌 적도 있고, 선글라스를 사 모은 적도 있고, 레이어드 패션을 탐구한 적도 있다. 잠시 반영구 화장을 할까 고민한 적도 있다.(지금은 안 하길 잘했다고 생각하지만)

사실 뭐, 그닥 멀리 가진 못했다. 결국 청바지에 컨버스 운동화, 티셔츠로 돌아왔으니까. 보는 사람들이야 '빙 돌아서 결국 같은 곳에 왔네' 할 수도 있겠지만, 나에겐 같은 곳이 아니었다.

나는 편안함을 추구하는 사람이었고, 있는 그대로의 나를 내보이는 것이 좋았다. 옷으로 '더 있어 보이게' 만드는 것은 가식처럼 느끼는 사람이 나였다.

심플함이 내가 느끼는 아름다움의 최고봉이었다. 자연스러운 나를 드러내는 것이, 내가 추구하는 패션의 가치였다. 그러므로 돌고 돌아온 청바지와 운동화와 티셔츠는 '다른 곳'이었다. 나는 조금 더 '진짜 나'와 가까워져 있었다.

옷과 내가 따로 노는 사람은 되지 말자.

자학적인(?) 의상 선택으로 빛나는 자신을 억압하지 말자.

자신의 부족한 자존감을 비싼 명품 의상으로 감추는 사람도 되지 말자. 그래 봤자, 다 드러나니까.

조금이라도 일찍, 나에게 어울리는 옷을 찾아볼 일이다. 그 과정은, 결국 '자기다움'으로 향하게 될 터이니.

자기에게 어울리는 옷조차 골라내지 못할 정도로, 자신에 대해 모르는 상태로 나이 들어 가는 일은, 정말이지, 끔찍하지 않은가.

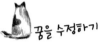
꿈을 수정하기
사표를 던져라!

한 시인은 이렇게 썼다.

꿈을 견딘다는 건 힘든 일이다. 꿈, 신분증에 채 안 들어가는
삶은 전부, 쌓아도 무너지고 쌓아도 무너지는 모래 위의 아침
처럼 거기 있는 꿈.   ―황동규 〈꿈, 견디기 힘든〉

시를 읽으며, 조금 울컥했다. 정말 그렇지 않은가. 때로는 꿈이,
정말로 견디기 힘든 무엇이 될 수도 있지 않은가.

"꿈이 뭐예요?"라는 질문을 수시로 받으며 우리는 자랐다. 어른
들은, 꿈은 좋은 것이고, 아름다운 것이고, 추구해야 할 것이며, 행
복한 것이라고 가르쳤다.

너희들이 처해 있는 현실이 아무리 비루하고 가난하고 불공평한
것이더라도, 꿈을 가져라! 꿈은, 불편한 현실에 대한 만병통치약이

었다.

그러나 살아가면서 우리는 알게 된다. 꿈이 늘 장밋빛인 것은 아니다. 꿈은 때로 손에 잡히지도 않고 견디기 힘든 짐이기도 하며, 잡으면 사라지는 신기루이기도 하다는 것을. 꿈을 갖는 것이, 꿈을 추구하는 것이, 꿈을 이루는 것 못지않게(!) 어렵다는 것을.

그래서 너도 나도 손을 들고 '대통령이요!', '과학자요!', '세계적인 음악가요!' 외쳐대던 아이들이 어느 순간 참으로 소박하고 현실적으로 자신의 점수로 갈 수 있는 대학을 찾고 있는 모습을 보게 된다.

나도 크게 다르지 않았을 것이다. 그렇게 잠시 우리는 꿈을 잊는다. 꿈을 잊고 현실에 집중한다. 입시에 집중한다. 꿈은 대학에 간 뒤에 찾아도 늦지 않다고 생각한다. 나도 그렇게 생각하고 주변에서도 그렇게 말한다.

대학에 가도 상황은 크게 바뀌지 않는다. 대학과 학과가 직장으로 바뀔 뿐. 스펙을 갖추고, 타인의 시선과 자신의 능력을 가늠하고, 특정한 직업과 직장을 목표로 한다.

그리고 우리는 무언가가 된다.

무언가가 되기 위해 달려온 시간이 숨 가빴기 때문에, 자기 자신을 돌아볼 여유가 없었기 때문에, 우리는 우리가 되어 버린 무언가가 정말 우리가 원하던 것이었다고 믿어 버리면서 살기 시작한다.

매달 통장에 들어오는 월급, 알량한 소속감, 남들과 발맞추어 건고 있다는 안도감…… 이런 것들을 포기할 수 없어서, 무엇보다도 변화가, 그리고 변화가 가져올 불확실성이 두려워서.

우리는 꿈이라는 단어를 잊고, 혹은 지금 내 모습이 꿈의 실현이라 믿어 버리며 그냥 살기 시작한다. 살아가는 것이 아니라, '살아지기' 시작한다.

시간이 갈수록 돌이키기가 더욱 힘들어진다. 지금 내가 있는 곳이 과연 내가 정말 오고 싶었던 곳인가? 그곳에 오래 머물렀을수록 '아니'라는 답을 내오기가 더 어려울 것이다.

그토록 힘들게 산에 올랐는데 '이 봉우리가 아닌가벼~'라고 판단하기가, 그리고 내려와 다시 새로운 봉우리를 향해 걸음을 떼는 일이 어찌 쉽겠는가 말이다. 이미 오른 봉우리를 내려오는 기회비용이 어른거리고, 자신이 새로 향하는 봉우리가 과연 맞는 건가 하는 두려움은 두 배가 될 터이니.

그래도, 한 번쯤은 꼭 돌아봐야 한다.

지금 서 있는 여기가 맞는 곳인지. 내가 오고 싶었던 곳인지. 앞으로도 머물고 싶은 곳인지. 여의도를 가고 싶었는데 강남에 가 서 있는 꼴은 아닌지.

뭔가 이건 아니다 싶은 느낌이 스멀스멀 올라오면, 그때가 바로 기회다. 꼭 돌아봐야 하는 한 번쯤이 마침내 온 것이다. 과감하게, 냉정하게, 자신의 직감을 믿고 판단해야 하는 때.

우연히 알게 된 후 종종 들러 보는 블로그가 있는데, 블로그 주인장께서 최근 사표를 던졌다. 그간 포스팅한 내용으로 미루어 짐작건대, 주인장은 대한민국에서 내로라하는 직장을 다니는 20대 후반의 여성으로, 최근 직장을 관두는 문제로 인해 고민이 많았던 모양이었다.

'이건 아니잖아'라는 생각이 드는 하루하루를 지나, 직장을 그만둘 때 포기해야 하는 많은 것들에도 불구하고, 불확실한 미래가 두렵지만 진짜 자신이 좋아하는 일을 찾고 싶다며 마침내, 사표를 던진 것이다.

블로그를 보며 친구 K가 떠올랐다. 대학원까지 나온 그녀는 전공을 바꿔 다시 학교에 진학했다. 만만치 않은 나이에 건축을 새롭게 공부하기 시작한 것이다. 이제 와 보면 그 결정은 대단히 현명하고 용기 있는 것이었지만, 당시에는 그다지 환영받지 못했다.

그녀의 가족은 말할 것도 없고(왜 고생을 사서 하냐고) 나를 포함한 그녀의 친구들까지도 섭섭함을 표시했다. 우리들은 이제 막 직장생활을 시작한 사회초년병으로 정신없이 바빴고, 다시 학교로 돌아가 숙제와 학점에 치여 사는 K의 고민을 이해할 여유가 없었다. 지금은 '그때 조금 더 챙겨 줄걸' 하는 후회가 들지만, 당시에 우리는 각자의 삶에 치여 제대로 만나지도 못하고 멀어졌다.

어쨌든 K는 새로 들어간 학교를 우수한 성적으로 졸업하고, 유럽의 한 대학으로 유학을 갔고, 올해 자신의 건축 사무소를 개업했다. 과감하게 꿈을 찾아 기존의 일상을 버린 선택 덕분에, 그녀는 친구들 중 누구보다도 바쁘고 행복해 보인다.

가슴이 시키는 일을 따라간 용기 덕분이리라.

나는 사표라는 것을 던져본 경험이 없다. 돌아보니 PD라는 이름을 단 지 벌써 10년이 넘었다.

그러나 나에게도 '여기가 진짜 내가 있어야 할 곳인가?' 하는 성찰의 시간이 없었던 것은 아니었다. 서른 중반이 다 되어 갈 때 처음으로 "내가 꼭 드라마 PD를 해야 하나?" 하는 회의가 몰아쳐 왔다. 어영부영, 고민 없이 받아들였던 PD의 삶이 갑자기 나를 짓눌러 온 것이다.

드라마가 뭔데? 회사 분위기는 또 왜 이래? 나는 뭔데? 내가 진짜 하고 싶었던 게 뭔데?

미니시리즈 라인업과 시청률, 인터넷의 기사들과 댓글들을 보고 또 보고 전전긍긍해하는 나는 내가 꿈꿔 왔던 내 모습이 아니었다.

꽤 오랜 고민의 시간을 거쳐, 나는 다시 내 자리로 돌아왔다. 한 때 머릿속에서 휘갈겼던 사표는 마음속에 고이 접어 넣었다. 나는 드라마를 할 때 행복하다는 것을 알았기 때문이다.

구질구질하고 이기적인 욕망들이 때로 드라마의 맥락을 형성함에도 불구하고, 나는, 어쨌든 드라마를 만드는 일을 좋아한다는 것을.

아무도 몰랐던 내 마음속의 방황이 끝나자, 나는 알았다. 내가 서 있는 곳이 이전에 서 있던 곳과 달라졌다는 사실.

내가 드라마를 하는 것은 좋아서, 내 안의 창조성이 기뻐하기 때문에 하는 것이지 다른 그 무엇 때문이 아니라는 것을 알게 되었고, 혹시라도 나중에 내 인생이 다른 쪽으로 가야 할 때가 온다면 다시 한 번 그 질문—여기가 내가 지금 원하는 곳인가?—에 용기 있게 마주할 수 있는 자신이 생겼기 때문이다.

서른 중반을 넘어서고 보니, 주위 친구들 중 처음 들어간 직장을 아직도 다니고 있는 사람이 거의 없다. 신문사 기자를 하던 친구는 사표를 던진 후 미국으로 유학을 떠났고, 치열했던 직장을 뒤로하고 가정주부가 된 친구도 있으며, 다니던 회사를 나와 자기만의 회사를 차린 친구도 있고, 머지않아 동종업체로의 이직을 앞둔 친구도 있다.

살다 보면 어떤 결정의 순간이 다가오는 모양이다.

지금까지의 삶을 유지할 것인가, 다른 삶을 향해 변화의 발걸음을 내디딜 것인가 하는 기로에 서는 순간. 그때 어떤 선택을 하는지에 따라, 삶이 조금 더 행복해지기도 하고 아니기도 할 터이다.

그래서 그저 한 명의 블로그 방문자에 불과한, 주인장과 일면식도 없는 나는, 진심으로, 새롭게 펼쳐질 그녀의 삶을 응원했다. 잘한 거라고, 힘내라고, 잘될 거라고 마음속으로 온 힘을 다해 말했다. 그 마음이 들리기를, 기원하면서.

어차피 이 길이 아니라면 사표를 던지는 것은 빠를수록 좋을 것이다. 조금 더 빨리 행복해지기 위해서. 조금 더 오래 행복하기 위해서.

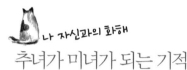

나 자신과의 화해

추녀가 미녀가 되는 기적

돌아보면 나의 20대는 불만과 자학으로 충만했던 시절이었다.

주위를 둘러보면 비겁하고 유치한 인간들 투성이였고, 인생은 뭐 하나 제대로 풀리는 게 없는 (게다가 내가 원해서 받은 것도 아닌!) 어렵기 짝이 없는 숙제였으며, 세상은 불공평하고 부조리로 가득한 아수라장이었다.

물론 조금만 자세히 들여다보면, 그 불만들이 사실은 나를 가리키고 있다는 것을 알 수 있었다.

나는 인간관계 하나도 제대로 풀어 내지 못했으며, 인생에서 뭐 하나 제대로 이루어 낸 것이 없는 멍청이였고, 세상과 화해하고 세상 속으로 들어가는 방법을 모르는 무능한 겁쟁이였다.

호시탐탐 남을 탓하고 세상을 탓했지만, 결국 모든 문제는 내 안에 있었다고 보아도 좋으리라. 내가 나를 모르고, 내가 나를 믿지 못하고, 내가 나를 좋아하지 못하고 있다는…… 참 인정하기조차 어려운 문제였다.

그리고 Y가 있었다. 그녀는 나보다 몇 살 어린 대학 후배였다. 활동하는 영역(?)이 전혀 달랐기 때문에 Y와 그리 친한 편은 아니었는데, 어쩌다 마주칠 때마다 그녀가 생글생글, 참 반갑게도 인사를 했기 때문에 속으로 '저 친구, 참 구김살 없군' 정도의 생각은 떠올렸던 것 같다. 그 정도로, '잘 웃고 인사 잘 하는 싹싹한 후배' 정도로 Y는 내 기억에서 희미해질 운명이었을 것이다.

그러나 그러던 어느 날.

커피를 마시며 잡담 중에, 문득 선배가 물었다.

"너 Y 알아?"

"네. 왜요?"

"걔가 그렇게 걔네 학번에서 인기가 많다며? 걔한테 대시를 안 한 애가 없다던데?"

금시초문이었다. 그런데 놀라웠다. Y가 인기가 많든 적든 내가 상관할 바가 아니지만, 그녀가 늘 싹싹하게 인사를 잘 한다는 건 십분 인정하는 바이지만, 그런데 '객관적으로' 본 Y는 절대로 남자들이 좋아할 만한 외모가 아니었기 때문이다.

물론 내가 남의 외모를 이러쿵저러쿵 할 입장은 아니라는 거, 안다. 나도 그 정도 성찰성은 있으니까. 그런데 Y의 외모는 정말, 정말, 별로였다. 믿어 달라. 내가 그녀를 싫어한 것도 아닌데, 왜 생판 모르는 여러분에게 그녀가 못생겼다 강변을 하겠는가?

이어지는 선배의 말이 더 가관이었다.

"넌 걔가 예쁜 거 같냐?"

"뭐…… 음…… 예쁜 편은 아니지 않나요? 그냥 객관적으로 보기에는……."

"예쁜 편이 아닌 게 아니라 못생긴 거 아니냐? 난 걔 볼 때마다 꼭 원숭이 같다고 생각했거든? 한참 후배라서 별 관심은 없었지만 말이야."

선배는 자기가 보기에 못생긴 여자애가 정작 동기들한테는 인기가 많다고 하니 신기하군, 생각하고 말았다고 했다. 그러다가 얼마 전 우연히 술자리에서 합석을 하게 되어 Y와 이야기를 나누게 되었다고 했다. 그리고 알게 된 것은, 그녀가 정말로 자기 자신이 예쁘다고 생각하고 있다는 사실이었다.

나중에 들기로 Y가 유복한 가정에서 늦둥이 막내딸로 태어나 오빠 넷의 사랑을 담뿍 받으며 자랐다고 하는데, 그래서 그런 건지는 모르겠다.

아무튼 중요한 것은, 현재 Y는 '자기 자신이 매우 사랑스러우며 넘치는 사랑을 받아 마땅한 어여쁜 여자'라고 '진심으로' 받아들이고 있다는 점이었다. 저 정도 외모면 외모 콤플렉스가 있겠구나 싶었던 선배는 완전 한방 맞은 기분이었다고 했다.

"그런데 신기한 건 말이야, Y랑 이야기를 하다 보니까 '어? 얘가 진짜 예쁜가? 예쁜 앤데 내가 그동안 잘못 봤나?' 하고 자꾸 걔를 다시 보게 되는 거야. 뭐, 내 스타일은 아니지만 '음, 저 정도면 남자들이 꼬일 만하지' 싶고."

기적이었다. 진정, 기적이라고 느꼈다. 헬스클럽에서 땀을 뺀 것도 아니고, 명품 옷을 걸치고 비싼 화장품을 바른 것도 아니며, 성형 수술을 받은 것도 아닌데, 순식간에 '추녀'가 '미녀'로 변하다니. 그녀 스스로 가지고 있는 자아상自我像이라는 지팡이가, 모세가 홍해를 가른 것에 버금가는 기적을 창조해 낸 것이다.

오오, 놀라워라.

그 기적의 현장을 목도한 이후로도 오랫동안 나는 나 자신과 화해하지 못했다.

드높은 이상을 가진 완벽주의자인 나의 기준에, 나는 항상, 한참 미치지 못했다. 책에서, 영화에서, 지인의 말에서, '자기 사랑의 중요성'을 여러 번 들어왔지만, 자기 사랑이 무엇인지(나 스스로를 보면서 설레어하란 말이야? 애인 보듯이?), 어떻게 실천해야 하는지('1번, 매일 나 자신에게 고기를 사준다' 같은 구체적인 실천지침이 있는 거야?) 알 수 없었다.

그래서 그 후로도 오랫동안, 나는 나를, 사랑하기는커녕, 호감을 갖지도 못했다. 내 안에 있는 이 실수투성이의 작은 못난이를 어떻게 좋아해야 한단 말인가? 오랫동안, 나는 수학문제를 풀듯이 이 문제의 답을 찾으려고 노력했다.

그래서 찾아낸 논리적으로 가능한 두 가지 해결방법.

내 안의 나는 실수투성이의 작은 못난이가 "아니"라고 믿거나,

내가 실수투성이의 작은 못난이여도 "괜찮다"고 생각하거나.

그러고 나서 꽤 오랜 시간 동안 나는 못난이가 아니라고 믿기 위해 노력했다.

'아니야, 난 멋진 사람이야, 이런 일도 이렇게 잘 해냈잖아. 객관적으로 괜찮은 스펙이잖아. 거울을 봐, 이 정도면 괜찮은 외모잖아……'

그리고, 항상 실패했다. 못난이가 아니라고 주장하기 위해서는 못나지 않았다는 '증거'가 필요했고, 그 증거는 항상 사회적 기준, 타인의 눈높이에 맞춘 내 모습이어야 했으니까.

'나는 못난이가 아니야, 나는 못난이가 아니어야 해'에 대한 증거를 수집하고 갖다 댔지만, 증거는 항상 불충분했고, 나는 늘 위증을 하는 기분이었다.

결국 나는, 숱한 시행착오 끝에, 길을 돌고 돌고 돌아, '못난이여도 괜찮아'에 도달했다. 그냥 있는 그대로의 나를 받아들이기로 한 것이다.

'실수해도 괜찮아, 뭐 어때. 못났어도 괜찮아, 뭐 어때. 두려워도 괜찮아, 뭐 어때. 유치해도 괜찮아, 뭐 어때.'

마침내 '인간은 불완전하다'는 오랜 명제를 진심으로 나 자신에게 적용시키기 시작한 것이다.

스스로도 놀라웠던 것은, 나의 불완전함과 부족함을 받아들이자, 나의 자아가 더 커지고 강해지고 온전해지는 기분이 들기 시작했다는 것이다. 실로 그랬다. 부족해도 괜찮았다. 아니, 인정하고 나자 편해졌다. 치졸해도 괜찮았다. 그래도 나는 그대로였다.

그냥 '다음에는 조금 덜 치졸하지 뭐'라고 결심하면 끝이었다. '다음에도 여전히 치졸하다면, 할 수 없지 뭐' 하면 끝이었다. 내 자아 위에 얹어놓은 바윗덩어리를 내려놓자, 그동안 내가 나 자신을 얼마나 학대해 왔는지를 깨달았다. 그리고 조금 더 행복해졌다.

행복은, 선택의 문제였다.

결국 Y와 제대로 된 대화 한 번 나누지 못했다. 그래도 가끔은 그녀 생각을 했다.

'자기 자신을 엄청 좋아하는 사람'이었던 그녀, 지금은 어디서 무얼 하는지도 모르겠지만, 아마도 잘 살고 있으리라 생각한다. 자신을 사랑하는 사람은, 결국은 행복을 선택하기 마련이니까 말이다.

예전보다는 많이 나아졌지만, 여전히 나는 종종 나의 불완전함과 불화한다. 여전히 가끔 나 자신이 부끄럽고, 왜소하게 느껴진다. 그러나 이전과 비교해 가장 달라진 것은, 나는 이제 확실한 '내

편'이라는 사실이다.

나 자신을 몰아붙이거나 다그치지 않고 가만히 보아줄 줄도 알게 되었고, 몹시 힘들 때면 나 자신에게 스스로 위로를 전하기도 한다. '괜찮아, 지금까지 잘해 왔잖아, 어떤 일이 있어도, 너는 그냥 너야. 그거면 충분해' 하고.

수많은 자기계발서들은 말한다.

'당신은, 당신 자신이 생각하는 딱 그만큼의 사람입니다' 하고. 그 말은 진실로 옳다.

그리고 그거면 충분하다, 일단은.

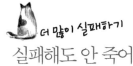 더 많이 실패하기

실패해도 안 죽어

나는 농구선수 시절 9천 번 이상의 슛을 놓쳤다. 거의 3백 번의 경기에서 졌으며, 경기를 승리로 이끌라는 특별임무를 부여받고도 실패한 적은 스물여섯 번 있었다. 그리고 나는 인생에서 거듭 실패를 계속해 왔다. 이것이 정확히 내가 성공한 이유다.

– 마이클 조던

'실패'란 늘 두려운 단어였다. 너무나 끔찍해서 머릿속으로 떠올리기조차 무서운 두 글자였다. 어쩌면, 재수 없는 소리인지 모르겠지만, 실패해 본 경험이 많지 않아서, 그래서 더 두려웠을 것이다.

나는 대체로 시험 운은 좋은 편이었다. 특히 좋아했던 과목은 수학이었다. 공식에 맞추어 계산해 나가면 딱 떨어지는 하나의 답이 나오는 과목이었다. 왜 꼭 답이 하나여야 하냐고 물어볼 뚝심은 없었다. 그저 주어진 하나의 답을 맞히고 나면, 다행스럽게 발 뻗고 잘 수 있는 성격이었다.

남들이 보기엔 자신만만해 보였을 것이다. '쟤가 세상에 뭔 걱정이 있을까' 싶었을 것이다. 누군가 눈을 동그랗게 뜨고 나에게 '질투 같은 것 해본 적 있긴 하냐?'고 물었던 적도 있으니까.

그런데 내 속은 그게 아니었다. 나는, 두려움덩어리였다. 다들 상상도 못했을지 모른다. 수시로 내가 머릿속에 실패를 그리고 나서 소스라쳤다는 사실.

그런 생각도 종종 했다. 이번 일이 안 되면 아주 작은 바닷가 마을로 내려가서 낚시꾼들에게 컵라면이나 김밥을 팔며 살아야 할까, 이런 생각. 두려움은 너무 커서, 작은 실패 하나가 내 인생 전부를 휩쓸어 먹어 버릴 것 같았다.

그랬기 때문에, 나는 점점 실패할 수 없는 사람이 되어 갔다. 실패할 것 같은 일은 아예 시작도 할 수 없었다. 실패의 가능성만으로도 오금이 저렸으니까. 크지 않은 일들이었다.

예를 들면, 노래를 못 할까 봐 노래방에서 아예 마이크도 잡지 못하는 것. 원래 노래를 잘하는 편은 아니었지만 그럭저럭 분위기는 맞출 수 있었을 터인데, 얼마나 겁이 났으면 그렇게 시끄러운 전주가 귀에 들리지 않는 기현상이 일어나기도 했다. 넘어지는 것이 두려워 자전거도 타지 못했다. 나는 원래 운동신경이 없으니까, 시작도 안 했다. 그냥 잘했던 것들만 '안전빵'으로.

그렇지만, 실패하지 않는 인생이 있겠는가. 나의 실패는 뜻밖의 곳에서 왔다. 전혀, 상상조차 할 수 없었던 영역, 이른바, '친밀한 인간관계'의 영역이었다.

'너는 왜 바쁘다는 핑계로 친구들에게 신경조차 쓰지 않느냐'며 한 친구가 섭섭함을 토로했던 것이 시작이었다. 당황스러웠다. 알고 보니 그 친구들 거의 모두가 나에게 서운해하던 중이었다.

충격이었다. 입사 후, 조연출 초짜 시절 정신없이 일을 하다 보니 친구들을 만나거나 전화로 안부를 묻기는커녕, 그들이 걸어오는 전화를 제대로 받지도 못했던 것이다.

친구관계는 가만히 두어도 저절로 굴러가는 줄 알았는데. 전화를 걸어 내 마음은 그런 게 아니었노라고 변명이라도 했었어야 했을 것이다. 시간을 짜내어 친구들을 만나 밥이라도 한 끼 먹었어야 했을 것이다. 하지만 나는 그렇게 하지 않았다. 이 상황을 어떻게 다루어야 할지 몰랐기 때문이다.

나는 내 친구관계가 엉망이 되어 버렸다고 느꼈다.

그렇다, 나는 실패했다고 느꼈다.

좋은 친구가 되는 것, 좋은 친구를 갖는 것에 실패했다고.

화불단행禍不單行이라 했던가, 실패는 연이어 왔다.

이번엔 연애였다. 대학 시절엔 하나의 연애를 그럭저럭 잘 유지해 왔다고 생각했다. 그 연애가 끝나고는, 이어지는 연애마다 실패였다. 내가 마음을 주지 못하거나, 마음을 주더라도 상대가 내 마

음을 받았다고 믿지 못하거나. 그 연애들이 실패였다고 판단한 이
유는, 그것들이 끝난 후 내 마음에 남은 것이 온통 '후회'였기 때문
이다.

내 마음의 끝까지 최선을 다했다면, 후회하지 않았겠지.

나는 친구관계만큼이나, 아니 그 이상으로 내 연애가 엉망이 되
어 버렸다고 느꼈다. 실패, 또 실패.

인간관계도 수학문제처럼 답이 딱 나오면 얼마나 좋을까.

시험공부하듯 연애를 공부해서 1등 할 수 있다면 얼마나 좋을까.

그곳은 내가 실패하지 않아도 되는 영역일 텐데.

잘해 내지 못했다는 자괴감, 또 실패할 거라는 두려움은 자꾸 망
설이게 했다. 친구에게 먼저 전화를 걸려다가 주춤했고, 괜찮다 싶
은 남자가 다가와도 밀어냈다. 그런 시간이 얼마나 흘렀는지는 잘
기억나지 않는다. 확실한 것은, 다른 많은 것과 마찬가지로, 실패
도 영원하지 않다는 것이다.

시간이 지나자, 멈칫거리면서도 친구의 전화번호를 누르게 되었
고, 겁이 나면서도 연애하는 마음을 품을 수 있게 되었다.

그저 시간이 흘렀고, 나는 조금 기운을 추슬렀을 뿐인데…… 실
패했어도 나는 죽지 않았고, 친구들도 죽지 않았고, 여전히 지구의
절반에는 남자들이 살아 숨 쉬고 있었다! 친구와의 관계가 어긋났
어도, 내가 마음만 먹으면 화해의 술자리를 만들 수 있었고, 애인

이 떠났어도, 또 다른 연애의 가능성이 상존하고 있었다.

그랬다. 실패했어도, 나는 살아 있었다. 가장 중요한 깨달음은 이거였다.

'실패해도 안 죽어.'

그 깨달음 이후, 나는 조심스럽게나마 실패의 세계에 발을 디디기 시작했다. 즉, '시도'하기 시작했다는 뜻이다.

'최악의 경우 실패밖에 더 하겠어?' 이런 심정으로. '실패해도 죽지는 않으니까, 뭐 이거 아주 최악은 아니군' 이런 심정으로.

〈해리포터 시리즈〉의 작가이자, 세계에서 가장 성공한 여성 중 한 명인 조앤 K 롤링은 2008년 하버드대 학위 수여식 연설에서 '실패의 미덕'에 대해 이야기했다.

대학을 졸업하고 7년 동안, 그녀는 실패를 거듭했다. 이혼했고 실업자였으며 가난했다. 그러나 롤링은 가장 밑바닥이 자신의 인생을 세울 수 있는 단단한 기반이 되어 주었다고 말한다. 실패는 삶에서 불필요한 것들을 제거해 주고, 진정한 자기 자신과 진짜 친구를 알게 해준다는 것이다.

그렇다면, 실패만한 재산이 있겠는가.

지금의 나는 '친밀한 인간관계'가 두렵지 않다. 그날 이후로 '우정'과 '사랑'에 관한 거듭되는 실패가 있었지만(셀 수도 없다), 여전히 나는 살아 있으며, 내 친구들도 살아 있으며, 게다가 남편까지 생겼다. 어쩌면 이들은 내 지난한 실패들의 결과물이려나.

실패의 두려움은 여전히 나를 엄습하곤 한다. 그럴 때는 조용히 과거에 있었던 가장 끔찍한 실패를 떠올린다.

'괜찮아, 이런 일을 겪고도 내가 살아 있다면, 다른 것들을 못 겪을 게 뭐람. 그러니까, 그냥 해보는 거야.'

이렇듯, 의외로 실패의 경험은 우리의 힘을 북돋워 준다.

작은 실패의 경험들이 쌓일수록 우리는 점점 더 단단해진다. 실패해도 여전히 내가 살아 있을 것임을, 실패해도 언제든지 나는 다시 시작할 수 있을 것임을 알려 주기에.

무언가를 시도하고 실패를 거듭하든, 실패가 두려워 시도조차 하지 않든, 우리는 모두 나이를 먹고 늙어 간다. 그리고 나이가 들수록 실패가 두려워 시도조차 하지 않는 횟수가 늘어날 것이다.

그러니 그냥 실패하자. 더 많이 시도하고, 더 많이 실패하자.

어쨌든, 우리는 살아남아 다시 시작할 수 있기 때문에.

그러다 보면 어느새 '실패는 성공의 어머니'라는 오래된 격언의 뜻을 진실로 이해할 수 있으리라.

낯선 거리를 헤매어 보기

길을 잃어도 좋다

나는 스물두 살이었다.

그때의 나는 열정은 넘쳤으나 요령은 없었고, 미래가 있었지만 그만큼의 불안도 높았던 것 같다.

구로공단 전철역 근방의 어느 먼지 날리던 거리에 나는 서 있었다. 다리가 아팠고, 배도 고팠다. 결국 어디에도 가지 못했고, 어디를 가야 할지도 몰랐지만, 두렵지는 않았다. 뭐랄까, 그 순간 나는 매우 '구체적으로' 존재하고 있다는 느낌이었다.

다소 흐렸지만 햇살이 공기 속에 스며들어 있었고, 흙먼지 날리는 거리 속 사람들은 모두 행복해 보이지는 않았지만, 각자의 삶에 성실할 것이었다. 그 속의 나 역시도, 행복하지는 않았지만, 성실하게 내 삶에 임하는 중이었다.

지금도 그 순간의 풍경은 정지한 화면처럼 생생하다.

그날은 갑자기 군대에 간 선배가 생각이 났고, 그를 만나서 이야기를 하고 싶다는 바람이 있었으며, 그날이 마침 면회가 가능한 토요일이라는 데 생각이 미쳤고, 그래서 부대가 '안양 어디쯤'이라는 어렴풋이 들은 말만 믿고 무작정 안양행 버스에 올랐던 날이었다.

당연히 무모했다. 남들이 알아주는 '길치'인 내가, 정확한 주소도 없이 군부대를 찾아간다니 말도 안 되는 일이었다. 같은 길이라도 가는 방향과 오는 방향이 달라지면 주로 보이는 풍경이 달라져서 다른 길처럼 보인다는 나의 설명을, 길치 아닌 사람들은 이해하지 못했다.

길치경연대회 같은 것이 있다면(그럴 리 없겠지만) 나는 우승까지는 아니더라도 최종 우승 후보까지는 무난히 들 정도로 심한 길치였다.

스물여섯이 되어서야 운전면허를 따고 운전을 시작한 나에게 친구들은 '기적'이라고 말했다. '네가 어딘가를 찾아간다는 것은 기적이야'라고.

기적처럼 운전은 해낼 수 있었지만 면허를 딴 지 10년이 넘어가는 지금까지 나는 P턴을 못한다. 핸들을 돌리기 시작하면, 90도를 돌았는지 180도를 돌았는지 270도를 돌았는지 모르겠기 때문이다.

그래서 나는 늘 낯선 길을 찾아가는 것이 두려웠다. 낯선 길가에

서면 아무것도 알 수 없어서, 무력해서, 길 잃은 어린아이처럼 울고 싶은 심정이 되곤 했다.

그 선배를 좋아했던 것일까. 그랬을지도 모르겠다. 연애감정이랑은 조금 달랐을 것이다. 스물두 살의 나는 아무것도 모르는 변덕쟁이였으니까. 사귀던 남자친구와는 헤어졌고, 새 남자친구를 만들기는 싫었다. 어려운 책을 많이 읽었지만, 그럴수록 사는 건 더욱 어려워졌다.

그 선배는 있는 그대로 내 이야기를 경청해 주던 유일한 사람이었다. 그가 군대에 가고 나서 친한 선배와 동기가 연이어 군대로 떠났다.

대학 3학년은 선배보다 후배가 많아지기 시작하는 시점이었다. 후배들 앞에서 멋진 선배이고자 이를 악물었지만, 솔직히 버거웠다. 후배로서 사는 게 더 편했다. 책임질 것도 없이, 본을 보일 것도 없이. 말없이 내 이야기를 들어주던 선배가 그리웠다.

'너는 강해.'

그런 말이 필요했을까.

'걱정하지 마. 다 잘될 거야.'

아니면, 이런 위로가 필요했을까.

당연하게도 어디에 있는지도 모르는 그 부대를 찾지는 못했다.

다만, 수없이 버스를 갈아탔고, 걷고 했을 뿐이다. 정확한 목적지도 모르는 데다가, 길은 갈수록 꼬여 갔다.

몇 대의 버스를 탔는지, 몇 시간을 걸었는지, 지금도 선명한 두 다리의 뻐근함과 뱃속의 허기.

그리고 신기하게도, 다리가 아파올수록 배가 고파올수록 나는 조금 더 용감해진다고 느꼈다.

'그래, 길을 못 찾아도 괜찮아! 배가 고파도 괜찮잖아! 다리가 아파도 나는 계속 걷고 있잖아! 외롭고 쓸쓸해도, 나는 지금 괜찮잖아! 멀쩡하게 이 거리 위에 서 있잖아!' 이런 기분.

그리고 나와 함께 이 길 위에 존재하는 다른 사람들. 다들 아프고 슬프고 답답한 사연들이 있겠지만, 이 거리 위에 멀쩡하게 살아가는 다른 사람들도 있지 않은가?

사실 그날의 나에게 군대 간 선배는 진정한 목적이 아니었다.

무언가가 그립고, 어디론가 떠나고 싶은, 누구나 한 번쯤은 겪었을 그런 날이었을 따름이다.

낯선 거리들을 아무 계획 없이 걸으면서, 나는 내 생활에 대해서 사람들에 대해서 전날 있었던 간단한 에피소드에 대해서 생각을 했고, 그렇게 하루 종일 안양을 걸은 뒤 서울로 돌아와 처음 발 디딘 구로동의 어느 거리에서 '도대체 삶이란 무엇일까?'라는 거창한 질문을 잠깐 떠올렸던 것 같다.

그러고 보면, 길은 우리네 삶의 모습과 참 닮아 있다. 길을 걷는다는 것과 삶을 살아가는 것의 닮음. 그래서 많은 예술 작품 속에서 '길'은 삶의 비유로서 흔히 등장했던 것이다.

하루 종일 안양의 낯선 거리를 헤매었던 기억 속의 나처럼, 꼭 목적지가 있어야 길을 걷는 것은 아니라면, 꼭 목적지를 염두에 두고서 삶을 사는 것은 아닐 것이다.

길은 길 자체로서 의미가 있고, 삶은 삶 그 자체로서 의미가 있다. 꼭 길을 걸어야만 할 필요는 없듯이, 잠깐은 멈추어서 삶을 둘러봐도 좋은 일이다.

무엇 '때문에' 산다고 생각하는 것보다, 그냥 '살아간다'라고 생각하는 것이 훨씬 더 삶의 세세한 결을 느껴갈 수 있는 방식일 수가 있다.

이름조차 알지 못하는 구로동 어느 거리의 인상이, 늘 분주히 걸어다니곤 하는 내 일상의 거리보다 훨씬 또렷하게 남듯이, 무심하게 지나치곤 하는 일상의 이웃들보다 '그날'의 행인들을 내가 훨씬 더 잘 볼 수 있었듯이.

그렇다. 길을 잃을 수도 있다. 애인이 떠날 수도 있다. 혹은 애인을 떠나고 싶을 수도 있다.

시험에 떨어질 수도 있고, 목적지가 보이지 않을 수도 있다. 친구에게 배신을 당할 수도 있고, 친구를 배신할 수도 있다.

세상에 온전히 나 하나밖에 없구나 싶을 때, 그럴 때, 한 번쯤 낯선 거리를 헤매어 보자. 그러면 묘한 위안이 찾아올 것이다. 괜찮다는 것. 그래도 괜찮다는 것. 길을 잃어도, 실연을 당해도, 취직을 못해도, 치가 떨리게 외로워도, 이 낯선 거리에 서성이는 나는, 배가 고프고 다리가 아파도, 숨을 쉬고 있다는 것.

　그 순간 나는 괜찮으며, 그리고 다음 순간에도 내가 괜찮을 것이라는 걸 알게 된다면, 인생이라는 학교가 좀 더 여유롭게 느껴질 것이다. 그리고 어느 순간, 조금은 더 용감해진 나를 발견하게 될 것이다.

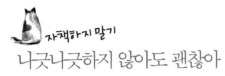

자책하지 말기
나긋나긋하지 않아도 괜찮아

전화가 걸려왔다. 능력 있고 잘나가는 사회 구성원인 일중독자 내 친구가 실로 오래간만에 걸어온 전화였다.

"아아, 이게 얼마만이야"라는 나의 반가운 인사를 그녀는 "이게 말이 돼!"라는 새된 목소리로 한 큐에 제압했다.

그녀는 어떤 회의에 참석하고 난 직후였다. 그녀가 내게 들려준 회의의 내용을 간략하게 요약해 보면 다음과 같다.

그 회의에서 '갑'이 그녀(그녀는 그 관계에서 '을'이었다)에게 무언가를 요구했다.

그녀는 '시간과 비용상 말씀하시는 시한까지 맞추기는 어렵습니다, 최대한 노력해서 언제까지 맞춰 보겠습니다'라고 했다. ("도저히 불가능한 시한이었다구!" 그녀는 외쳤다. 똑 부러지게 일을 잘하는 그녀의 스타일을 잘 아는지라, 아마도 그녀의 판단이 옳았을 것이라 믿는다.

암튼.)

갑은 무조건 해내라고 했다. 그녀는 '아무리 말씀하셔도 안 되는 걸 어떻게 된다고 합니까?' 라고 했다. 설왕설래 끝에 갑은 자리를 박차고 나갔다.

문제는 그 다음이었다. 어색한 상황을 정리할 필요를 느꼈던 갑의 부하직원이 그녀에게 한 말이 화근이었다.

"에이~ '갑' 성질 잘 아시잖아요. 앞으론 해달라 그러면 그 앞에선 그냥 된다 그러세요."

그녀는 똑같은 말을 반복했다 했다.

"아니, 안 되는 걸 어떻게 된다 그러냐고요."

돌아온 반응은 아래와 같았다. 참 생뚱맞게도.

"저, 그리고요, '갑'이랑 이야기할 때는 좀 나긋나긋하게 말씀해주시면 안 돼요?"

나긋나긋…….

나. 긋. 나. 긋.

네 글자가 천둥처럼 그녀의 귓가를 울리며, 번개처럼 그녀의 전두엽에 내리꽂혔다 했다.

"아니, 일 하자는데 웬 나긋나긋? 뭐야, 미친 거 아냐, 그랬다니까! 내가 왜? 내가 왜 나긋나긋해야 하냐고! 일만 잘하면 됐지!"

나는 차분하게 듣고 대답했다.

친구야. 네 말이 백 번 옳아. 물론 백 퍼센트 옳아. 어떤 프로젝트 처리시한에 대해 이야기를 하다가 갑자기 너의 말하는 태도에 대한 지적이라니. 게다가 그에 대한 참으로 이상한 충고 —나긋나긋— 라니. 그건 정말 이상하고 말도 안 되는 이야기지.

그리고 나는 마침내 정말 하고 싶은 말을 했다.

바로 이렇게.

친구야. 네가 더욱 더 화가 나는 이유는, 그 개념 없는 인간이 일 이야기에서 갑자기 너의 태도 문제로, 그것도 '나긋나긋'이라는 지독히도 여성스러운 단어를 사용하여, 예기치 못하게 공격의 예봉을 전환했다는 사실뿐 아니라…….

혹시 네 안에 '내 태도에 정말 문제가 있나? 나는 더 나긋나긋했었어야 했나?'라고 속삭이는 자학의 목소리가 들리는 게 아니냐고. 밖에서 온 공격보다 안에서 들려오는 공격이 더 따끔거리고 불쾌한 게 아니냐고.

너의 태도를 지적하는 그의 논리가 어처구니없었던 것만큼이나, 네 속에서 그 말도 안 되는 논리가 혹시 진짜가 아닐까 겁나 두리번거리고 있다는 사실이 더 자존심 상하는 일 아니냐고. 그리고 그건.

나 역시도, 수도 없이, 그러했다고.

정도의 차이는 있지만, 이런 유사한 상황, 나도 참 많이 보고, 듣고, 겪었다.

즉, 공적인 일에 대한 이야기에서 '여성성'과 관련된 태도 혹은 품성의 문제로 국면을 확 바꾸어 버리는 상황 말이다. 논리적으로야 황당하지만, 이런 식으로 어떤 상황이 전개되어 가는 경우, 의외로 많다.

내 친구의 이야기에서 보듯, 어떤 업무에 대해 의견을 교환하다가 갑자기 '근데 나는 너의 그 말투가 거슬려서 네 의견에 동의하지 못하겠구나' 식으로 '태도'를 문제의 중심으로 끌고 오거나……여성동료를 평가할 때 '누구는 일은 잘 하는데 너무 드세서(까칠해서, 예민해서)' 식의 대조법을 이용하는, 피평가업무와는 무관한 '품성'의 문제를 제기하거나.

이런 상황에 처하게 되면, 우선 어이없고, 화가 난다. 당연하다. 말도 안 되는 공격을 받았으니. 사무실 책상을 파란색으로 할까 노란색으로 할까 이야기하다가 갑자기 바닥청소를 하지 않았다고 탓을 하는 형국이니 말이다.

그런데 정말 우습고도 괴로운 것은, 그 말을 듣는 순간, 겉으로는 "아니, 책상 얘기하다가 웬 바닥청소 얘기예요?"라고 항의하면서도, 속으로 '어? 혹시 바닥청소를 했었어야 했나?' 라고 자책하는 내 모습이다.

'아니, 이 프로젝트를 언제까지 처리해야 하는지랑 나긋나긋한 거랑 무슨 상관이냐고요?' 라고 소리치고 싶음과 동시에 머릿속으로 휘몰아치는 생각들.

내가 잘못한 건가? 정말 내 말투에 문제가 있나? 더 부드럽게 말했어야 했나? 나는 사회적으로 환영받을 수 없는 스타일의 여성인가? 메마르고 신경질적이고 성적 매력이라고는 찾아볼 수 없는 B사감처럼?

두려움 다음에 찾아오는 건 혼란이다. 헷갈리기 시작하는 것이다. 무의식적으로 내 말투를 검열하거나 (여자로서) 내 매력의 정도를 재 본다. 의도하지 않은 일로 손해 보기 싫으니까.

나긋나긋하지 않아서 내 의견이 받아들여지지 않는 거라면, 정말 그런 거라면, 뭐, 나긋나긋해지려 해볼 수도 있는 거 아닌가, 하는 생각도 해본다.

물론 그런 시도는 반드시 실패로 끝난다. 사람의 생김이라는 것이 그렇게 쉽게 바뀔 수 있는 것도 아니거니와, 문제는, 다들 알고 있듯이, 나긋나긋함에 있는 것이 아니기 때문에.

문제는, 갈등의 원인으로 '여성성'을 끼워 넣고, 일하는 여성을 그냥 '여성'으로 치환시켜서, 상황 속에서 남성이 우위를 점하고자 하는, 때로 무의식적이지만 동시에 광범위하게 이용되는 가부장적 전술이다.

친구는 인정했다.

"정말 그런 게 더 화가 나. 분명 부당한 공격인데, 속으로 '내가 잘못했나? 더 부드럽게 말했어야 했을까?' 라고 몰래 자책하는 내 모습이."

"나긋나긋하게 말하는 네 모습을 상상할 수 없어"라고 나는 말해주었다.

너는 능력 있고 시원시원한 스타일이잖아, 본래. 우리는, 오직 우리 자신으로서 행동할 수 있을 뿐이잖아. 자기 모습대로 행동하는 것이 잘못이 될 수는 없지. 아니, 오히려 자신으로서 행동하는 것만이 유일한 정답일 수밖에 없는 거야.

그러니, 그런 쓸데없는 자책 같은 건 절대 해서는 안 돼.

속에서 우리를 갉아먹고 스트레스를 배가시키는, 그런 쓸데없는 자학 말이야.

뭐, 나긋나긋 따위.

툭툭 털고 일어나서, 우리들 앞에 계속 일어날 이 말도 안 되는 공격들에 상처받지 않고 대범하게 웃어넘길 수 있어야지.

그런 과정 속에서, 아마 우리는, 진짜 자기의 모습, 여성의 일, 자존심, 소통의 방식, 그리고 나긋나긋함에 대해서까지 더 잘 알게 될 거라고.

마지막으로……

'뭐 여자들만 그런가? 사회생활 하다 보면 다 그런 거지'라고 보시는 분이 계실까 하는 기우에서 간단하게 언급하고자 한다. 위와 같은 상황, 남자들에게는 발생하지 않는다.

"이봐, 김철수 씨. 자네 말이 다 옳아. 그러나 나를 설득하기 위해서 좀 더 씩씩하게 말해 주면 안 되겠나?"

또는

"명수 씨는 일은 잘 하는데 너무 드세서 좀……."

이런 대화는 왠지 잘 상상이 안 되지 않는가?

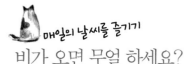

비가 오면 무얼 하세요?

예전에 어떤 시나리오 작법 책을 읽었는데, 거기에 이런 내용이 있었다.

시나리오를 쓰던 중에 이야기가 잘 안 풀리면, 그 장면의 날씨를 바꾸어 보라는 것이다. 예컨대 맑은 날을 비가 억수같이 쏟아지는 날씨로 바꾸면, 도무지 만날 이유를 찾지 못했던 남녀 주인공이 한 택시 안으로 뛰어들면서 사랑이 시작될 수 있다. 단지 비가 온다는 이유만으로 연애가 시작될 수 있는 것이다.

날씨는 늘상 있는 것으로 무심히 보자면 아무것도 아니지만, 이렇게 보자면 삶을 바꿀 수도 있는 것이다.

서른이 되기 전에 잠깐 들었던 시나리오 창작 강좌에서는 이런 말도 들었다.

이야기를 쓰기 전에, 시간적 배경을 분명히 하라. 만물이 소생하는 봄인지, 찌는 듯한 여름인지, 옆구리가 시리다 느껴지기 시작하는 쌀쌀한 가을인지, 1월인지, 5월인지, 12월인지…… 너의 이야기가 펼쳐지기에 적당한 시간이 있을 것이라고 했다.

확실히 그 충고는, 직장에 다니면서도 글쓰기의 꿈을 버리지 못했던 어정쩡한 작가 지망생인 내가, 이야기와 감정, 인물의 느낌을 잡는 데 도움이 되었다. 그렇다. 매일의 날씨— 온도, 습도, 바람의 세기, 구름의 정도—는 다르고, 그러므로 특별하며, 때문에 모든 하루는 자기만의 특별한 분위기를 가질 자격이 있다.

기억을 들춰 보면, 특별한 기억은 그날의 날씨와 함께 떠오른다. 그날의 찬바람, 다사로운 햇살, 어둑함, 찐득하게 몸에 차오르던 습기까지.

내가 아는 누군가가 유럽 여행을 갔을 때 일이다. 카페에서 커피를 마시는데 갑자기 비가 쏟아졌다. 비는 한참 내렸고 카페 입구에 서서 어떡해야 하나 서성이고 있을 때, 웬 젊은 남자가 다가왔다.

한국의 모 기업에 다니는 남자였는데 출장을 왔다고 했다. 생각지도 못했는데 한국 사람을 만나게 되어 너무 반갑다고 했다. 남자는 잠깐만 기다리라고 하더니 비오는 골목을 뛰어가 우산 두 개를 사 와서 한 개를 내밀었다.

둘은 명함을 교환했고, 여행에서 돌아온 뒤 서로 이메일을 주고받았고, 친구가 되었다. 비 때문에 친구가 될 수도 있는 법이다.

나는 눈 내리던 겨울밤이 생각난다. 고속도로 휴게소였다. 운전을 했던 사람은 커피를 사 오겠다며 나갔다. 나는 조수석 쪽 창문을 살짝 내렸다. 차가운 겨울 밤바람이 창문의 열린 틈으로 스며들었다. 작게 눈이 오고 있었다. 까만 하늘에, 점점이 눈송이가 날리는 배경으로, 노란 휴게소의 불빛이 보였다. 아름다웠다.

　나는 의자 위로 두 발을 올리고 작게 몸을 움츠린 채로 앉아 노란 불빛과 희고 작은 눈송이들을 오랫동안 보았다. '내일 무슨 일이 벌어져도, 지금 이순간의 아름다움을 잊지 말아야지' 나도 모르게 생각했다. 특별한 날이었다.

　한 선배는 날씨에 따라 차 안에서 듣는 음악이 따로 있다고 했다. 비가 올 때, 맑을 때, 후덥지근할 때, 눈이 올 때…… 수많은 날씨에 따라 음악을 분류해서 따로 CD로 만들어 두는 그 부지런함은 혀를 내두를 만하지만, 각각의 날씨를 의식하고 즐김으로써 매일매일을 특별한 하루로 만들고 싶은 그 나름의 의식(ritual)이라 할 만하다.

　나도 그런 비슷한 의식이 있다.

　비가 오면 맛있는 커피를 마시러 혼자 카페로 간다. 맛있는 커피야 늘 마시고 싶은 것이긴 하나, 비가 추적추적 오면 특별히 그렇다. 조용한 카페의 창가 자리에 앉아 빗소리를 듣는다. 빗소리를 듣고 커피를 마시는 것 말고는, 아무것도 하지 않는다. 비가 오면 자칫 우울해지기 쉬운데, 뜨거운 커피가 마음을 가라앉혀 준다. 화낼 것도, 미워할 것도 없는, 그런 시간이 온다.

갑자기 추워진 날에는, 추리 소설이 제격이다. 손이 닿는 범위 안에 각종 주전부리를 배치하고, 폭신한 수면양말을 신고 이불 안으로 기어든다. 베개는 두 개를 포개어 세워야 몸이 편안하게 기대어진다. 그리고 좋아하는 작가의 아껴둔 신간을 꺼내는 것이다.

마이클 코넬리나 제프리 디버의 신작이 나오면, 산삼을 발견한 심마니처럼 뛸 듯이 기뻐지는 것도, 이 순간에 대한 기대 덕분일 게다.

어렵지 않다.

쨍하게 맑은 날, 집 근처로 나가 공원을 산책하기.

당연히, 스트레스로 가득한 우리 일상 속 단비 같은 휴식이 되겠지.

비가 오는 날이면 엄마가 만들어 주시던 빈대떡을 부쳐 먹기.

나도 빈대떡 만드는 법을 배워서 실천해 볼까 싶다. 비가 오기 시작하면 남편이 하던 일을 멈추고 '아, 오늘은 빈대떡을 먹겠군' 하며 기대에 차서 입맛을 다시는 모습을 상상해 보니, 날씨에 맞는 고정 메뉴를 몇 개 마련해 두는 것도 꽤 괜찮은 일일 듯하다.

아니면, 억수같이 장대비가 쏟아지는 주말 밤, 바다를 보러 차를 몰고 나가는 것도 의외로 즐거운 경험이 될 수 있다. 비 쏟아지는 밤바다에는 사람들이 없을 테니, 그 바다를 더욱 만끽할 수 있을 것이다.

흐리고 눅눅하여 뭔가 기분이 가라앉는 날이면, 오래된 사람들, 오랫동안 연락하지 못했던 고향 같은 사람들에게 전화해 보는 것은 어떨지. 옛애인이어도, 좋다고 생각한다. '어? 웬일이야?' 낯익은 그 목소리가 들려오면, '그냥, 하늘이 흐려서, 네 생각이 났어'라고 대답하면 될 것이다. 그와 함께 했던 좋은 추억이 떠오르고, 웃으며 이야기를 나눌 수 있을 것이다.

날씨를 즐길 수 있는 방법은, 조금만 창의력을 발휘한다면, 셀 수 없이 많다.

그런 의식을 가지면, 인생에 더 충실하고 하루하루를 더 재밌게 살 수 있을 것이다. 날씨를 즐기는 자신만의 방식을 가지는 것은, 자신만의 특별한 의식을 행하는 것은, 매일의 하루하루를 특별하게 보낼 수 있는 비장의 무기다.

비가 오면 당신만의 특별한 행사를 열어 보자.

하늘이 맑다면 또한 다른 무언가를 해보자.

그러면, 그 하루는 오직 당신만의 특별한 하루가 된다.

내일 비가 온다고 한다. 요즘엔 비교적 일기예보가 잘 맞는 것 같으니, 아마도 내일은 비가 올 것이다.

내일은, 그래서, 뜨겁고 맛난 커피를, 조용한 카페의 창가에서, 빗소리를 들으며 마실 수 있으려나. 덕분에, 조금 설레기 시작했다.

비는 우리가 사랑에 빠지는 것처럼 내린다. 예보를 무색하게
만들며, 느닷없이.

 – 마르탱 파주, 〈비는 우리가 사랑에 빠지는 것처럼 내린다〉 중에서

죽음을 기억하기

마지막 선물

'죽음을 기억하라'

공포영화의 카피, 아니다.

와 닿지 않을 수도 있겠지만, 그러나 당연한 이야기로서 '인간은 언젠가는 죽는다'는 것. 그 사실을 기꺼이 인정하는 것이, 살면서 우리가 한 번쯤은 반드시 짚어야 하는 과제라는 것.

죽지 않기 위해 사는 것이 삶이 아니라, 죽음의 순간 후회 없는 삶을 살기 위해서, 한 번 있는 유한한 삶에 보다 최선을 다하기 위해서 기억해야 하는, 죽음에 대한 이야기를 하고 싶다.

의외로 죽음은 가까이에 있다는 것을 충격으로 받아들였을 때, 나는 스물다섯 살이었다.

그 전에도 가까운 죽음이 없었던 것은 아니었지만, 어려서 그랬는지 그 사라짐과 상실을 '전격적으로' 경험하기에는 무리가 있었다.

그래서 스물다섯 살에서야 나는 비로소, '사람은 언젠가는 죽는다'는 것을, 그 죽음의 때는 아무도 모른다는 것을, 구체적으로 뼈저리게 깨달았다.

선배는 좋은 사람이었다. 나에게도 좋은 사람이었고, 주변 누구에게도 대체로 좋은 사람이었을 거라고, 나는 생각한다.

성실하고 명석하고 친절하고 진정성 있고 유머감각까지 갖춘, 정말 보기 드문 사람이었다.

나는 그때 석사논문을 쓰던 중이었다. 논문 제출 시한이 임박해서 나는 두 달 정도 선배의 노트북을 빌렸다. 나는 아직 월급이라는 것을 받지 못하는 가난한 학생이어서 개인 노트북을 사는 일은 사치였다. 그때는 그렇게 생각했다. 선배는 흔쾌히 노트북을 빌려주었고, 나는 선배의 노트북으로 석사논문을 썼다. 집에 틀어박혀 논문을 쓰다가 답답하면 한강변에 나가 머리를 식혔다.

그다지 친하지도 않은 후배에게 하나밖에 없는 노트북을 내어주는 선배가 고마웠다. 논문을 제출하고 나서, 장갑과 목도리를 샀다. 당시 나는 가난했으니 비싼 물건은 아니었을 것이다. 그래도 겨울이었고, 고마움의 표시는 하고 싶었다. 노트북과 함께 장갑과 목도리를 내밀었다. 나는 워낙 주변머리가 없어서, 내밀면서도 참 어색했는데, 선배는 웃었고, 고맙다며 받아들었다.

그 만남이, 마지막이었다.

　얼마 지나지 않아서, 선배가 죽었다는 소식이 들려왔다.

　그것도, 자살이었다.

　그 소식을 나는 신입사원 연수중에 들었다. 연수원은 수원에 있었고, 우리는 한 달간 합숙 연수 중이었다. 그래서 병원도 가지 못했다. 그토록 좋은 사람이었던 그가, 왜 갑작스럽게 스스로 자기 목숨을 끊어야 했는지, 감히 나는 알지 못했다.

　소식을 들은 날 밤 나는 한숨도 자지 못했다. 그에게 돌려준 노트북과 함께 건넸던 목도리와 장갑을 생각했다. 연수원의 침대 위에 베개를 받치고 기대앉아서 '아마 그가 한 번도 쓰지 않았을 그 목도리와 장갑은 불 속에 태워지겠구나' 생각했다.

　그것은 살아서 선배가 받은 마지막 선물이었을 터였다.

　죽음이 이렇게 가까이에 있다는 것을, 예고 없이 들이닥친다는 것을, 나는 처음으로 배웠다.

　그랬다. 그날 밤, 잠들지 못하고 침대 위에 앉아서 알게 된 것은 '인간은 누구나, 언젠가는 죽는다'는 이 당연한 사실.

　슬픔 이전에, 무서움 이전에, 가슴 속을 파고든 것은, 유한한 인간의 삶에 대한 절절한 자각.

　스티브 잡스는 스탠포드대학의 한 유명한 연설에서 이렇게 말했다.

"매일 거울 앞에서 자신에게 물어보라. 오늘이 내게 주어진 마지막 하루라면, 그래도 내가 지금 하려 했던 일을 할 것인가? 그 답이 계속 '아니'라고 나온다면, 그때는 무언가 바뀌어야 할 시점이다."

잡스의 말처럼 선택에 있어서 죽음을 고려하는 것은, '정말로 중요한 것'을 판별하는 데 큰 도움이 된다. 잡스처럼, 대단한 성공을 거두기 위해서가 아니라도, 나에게 주어진 삶을 더 잘 살아내기 위하여, 우리는 지금 주어진 순간에 가장 좋은 선택을 해내야 한다.

하던 일마다 판판이 어그러지고 엎어지던 시기에, 나는 선배의 죽음을 생각했다. 아무것도 모르고 그에게 건넸던 나의 마지막 선물을 생각했다. 어디에 도사리고 있을지 모를, 언제 찾아올지 모를, 나의 죽음을 생각했다.

'오늘이 나의 마지막 하루라면 나는 무엇을 할 것인가?'

이 질문이 판단을 명료하게 하는 데 도움을 주리라 믿었다. 그래서 죽음을 생각하며 나는, 그 순간 가장 중요한 일을 했다.

원망하고 비난하고 자책하는 일을 멈추고, 지금 내가 가장 하고 싶은 일이 뭔지 물었다. 놀랍게도 그것은, 글을 쓰는 일이었다. 다른 사람의 평가 따위, 세상의 인정 따위 다 던져 버리고 난 후에도, 그 순간 내가 가장 하고 싶은 일은, 글을 쓰는 것이었다. 대단히 훌륭하거나 멋진 글이 아니어도, 그저 내 글을 쓰는 것. 실로, 놀라운, 깨달음이었다.

오래간만에 친구의 전화가 걸려왔다. 긴 수다 끝에 뜬금없이 그녀가 한 말.
"난 오래 살기 싫어!"
내가 대답했다.
"나도 그래. 그래도, 잘 살고 싶긴 해."
그리고 덧붙였다.
"죽는 순간, 후회하고 싶진 않아."
그녀가 대답했다.
"당연하지."

어느새 우리는 죽음을 고려하며 살아가고 있었다. 더 잘 살기 위해, 지금 더 중요한 것을 하기 위해, 어느 누구도 아닌 바로 '나'의 삶을 살기 위해.
죽음이 삶과 한 쌍이라는 것을 기억하라. 삶은 죽음을 피할 수 없으며, 죽음이 있어서 삶이 더 가치 있어진다는 것을.
어려운 선택에 직면할 때면 죽음을 고려하라. 지금 가장 중요한 것이 무엇인지가 명백해질 것이다.
확실한 것은, 죽음을 기억함으로써, 우리는 더 충만한 '지금'을 살 수 있다는 사실이다.

✳ 에필로그

우연히, 타로카드 점을 보게 되었다.

생각했던 일이 생각처럼 진행되지 않아 속이 시끄럽던 차였다. 신사동 가로수길의 한 카페에서 우연히 합석하게 된 타로카드 마스터는 가방 안에서 부드러운 남색 벨벳 천을 꺼내 테이블 위에 펼쳤다. 그녀는 나에게 궁금한 것에 집중하면서 카드를 섞으라고 했다. 섞은 카드를 건네주자 그녀는 카드를 부채꼴 모양으로 펼쳤다.

"왼손으로 여덟 장의 카드를 뽑아 주세요."

내 시끄러운 마음은 복잡한 카드를 뽑아들었다. 뭐라 설명하기도 복잡한 현 상황은 난감한 카드를 뽑아들었다.

그렇구나. 나는 지금 복잡하고 난감하구나. 그렇게 인정이 되어 버리는 기분이었다.

지금 나쁘다면, 나쁜 데에서 시작할 수밖에 없는 거잖아. 지금 부족하다면, 무엇이든 가져다 채워야겠지. 지금 힘들다면, 잠깐 쉬고 기운을 추스를 수밖에. 어쩔 수 없잖아. 나는 더 이상 나를 다그치지 않고, 나로서, 나답게 살기로 했으니.

그녀의 마지막 말이 기억에 남았다.

"당신은 한 바퀴를 완전히 돌게 될 거예요. 돌고 나서 오는 자리가 다시 지금 이 자리일 수도 있을 거예요. 그러나 남들이 보기엔 똑같을지 몰라도, 그 자리에 있는 당신은 같지 않아요. 당신은, 한 바퀴를 완전히 돌아온 당신이에요."

책을 마치니 그런 기분이다. 한 바퀴를 돌고 나서 같은 자리에 돌아왔다. 그립고 아쉬운 내 안의 순간들을 지나서, 폭풍 같은 한 바퀴를 돌아서, 마침내 다시 여기. 그래서 같은 것 같아도 예전과 다른 나는, 비로소 생각한다.

그 순간이 있어서 지금의 내가 있다. 그 순간들이 모여 지금의 나를 만들었다. 용기 내어 저질렀던 일도, 겁이 나서 저지르지 못했던 일도, 그때의 설렘과 서투름과 아쉬움까지 모조리, 지금의 나다. 그래서 나로서, 나답게 사는 것이 여전히 궁극의 목표인 나는, 그 순간에 존재했던 모든 것을, 진심으로, 받아들인다. 저지르지 못했던 순간에 대한 후회까지도, 있었던 그대로.

함께 삶을 살아가는 이들과 이 순간들을 공유하고 싶다. 그 안에 머물렀던 마음들에 대해서도. 고즈넉한 밤, 작은 테이블에 마주앉아 따뜻한 차와 단 과자를 먹으면서 조곤조곤 이야기하듯.

당신도, 비슷하면서도 다른 이런 순간들을 갖고 있지 않느냐고. 삶에서 한 번쯤은 저질렀어야 하는 일들, 지냈어야 하는 시간들, 그 안에서, 아주 짧게나마, '정말 중요한 무엇'이 스쳐가는 것을 본 적이 있지 않느냐고.

어쩌면, 함께 인생이라는 학교에 재학 중인 우리들은 생각보다 서로에 대해 많이 알고 있는지도 모르겠다. 그래서 그 밤의 이야기 는 끝없이 이어져서, 우리는 어느새 환히 밝아오는 하늘을 함께 바라보게 될지도.

마지막으로, 나의 순간 속에 함께 머물렀던 나의 사람들에게.

나는, 당신들을, 아주 오랫동안 기억할 거예요.

울고 싶던 나를 따뜻하게 안아 주었던 당신, 그 단단한 어깨 와 따뜻한 밥, 나를 질책하고 아프게 했던 당신, 어색해하며 담배를 피워 물던 당신, 공기 속으로 하얗게 피어오르던 연기, 나 때문에 비틀거렸던 당신, 어쩌면 꽤 오랜 시간 동안 우울했 을 당신, 우리가 함께 먹었던 음식과 함께 걸었던 추운 밤거리, 늘 나를 숨 막히게 했던 당신의 아름다운 옆얼굴과 당신의 눈가에 어리던 미소까지.

하나도 잊지 않고 있었던 그대로.

지금 저지르지 않으면 후회할 일들

초판 1쇄 발행 2012년 3월 5일 초판 8쇄 발행 2016년 10월 27일

지은이 이소연 펴낸이 연준혁

6분사 편집장 이진영
편집장 정낙정 편집 박지수 이경희 조현주 디자인 하은혜

펴낸곳 (주)위즈덤하우스 출판등록 2000년 5월 23일 제13-1071호
주소 (10402) 경기도 고양시 일산동구 정발산로 43-20 센트럴프라자 6층
전화 031) 936-4000 팩스 031) 903-3891
전자우편 wisdom6@wisdomhouse.co.kr 홈페이지 www.wisdomhouse.co.kr

값 13,500원 © 이소연, 2012 ISBN 978-89-5913-671-1 03810

국립중앙도서관 출판시도서목록(CIP)

지금 저지르지 않으면 후회할 일들 / 이소연 지음.
— 고양 : 위즈덤하우스, 2012
p. ; cm
ISBN 978-89-5913-671-1 03810 : ₩13500
818-KDC5
895.785-DDC21   CIP2012000836